神田魂

日本料理
精髓的思考

神 田 裕 行

Hiroyuki Kanda

第七章　肉類料理

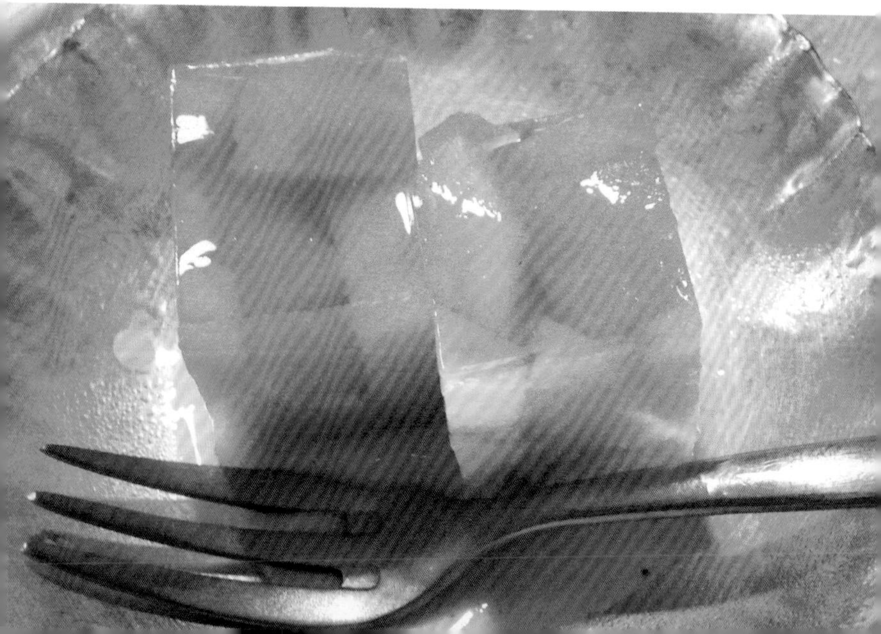

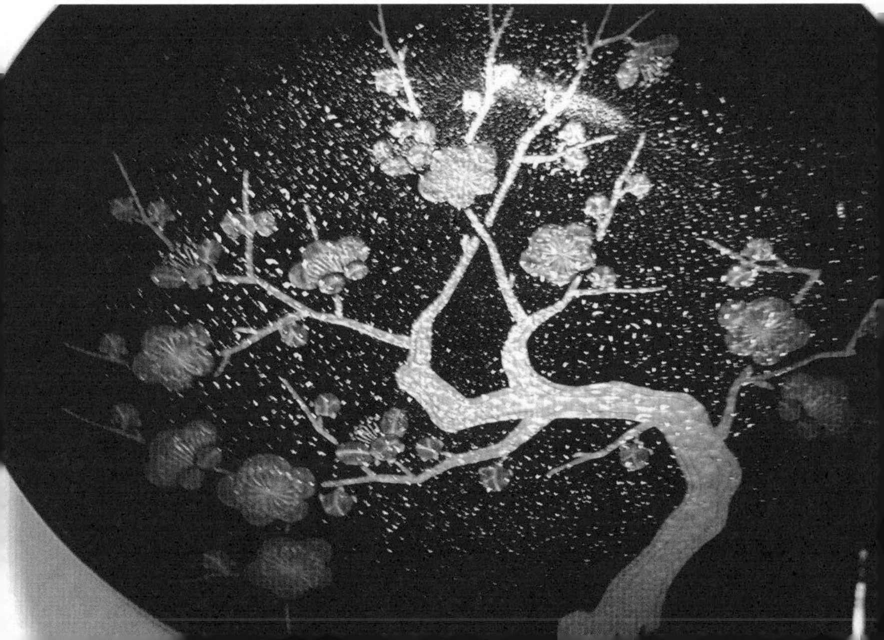

前言

日本料理，就像只在日本綻放的花朵。就像只開在高山上的花，只棲息在清流裡的魚，要是少了日本的水、土壤、空氣，就會枯萎、死去，或是將演化成另一種型態。在我心目中，日本料理就是這樣的存在。

年輕時，我曾在巴黎做日本料理。在外國做日本料理這件事，讓我覺得很有意義，我也希望能讓西方人了解到日本料理的美好，並且下定決心，將這件事當作我一生的職志。

這個想法在我回國後也持續不變，在我擔任了優秀前輩在海外的料理講習助理，以及在我以工作人員身分參與過巴黎飯店的日本料理祭之後，這份信念益發強烈。

然而，我又忍不住常反問自己。

「其實在外國，是做不出來所謂『真正的日本料理』的吧？」

我認為「日本料理」是由日本本地的食材和日本人的美感為骨架構成的，是一種由食材的新鮮度和品質直接反映出菜色本質的料理。亦即，尋找優質的食材，趁其最為美味之際，以最少的工序將好滋味發揮到淋漓盡致的料理。烹調的目的不在於將食材妝點得豔麗，而是細細研磨出食材本色，美麗呈現。

以技術和方法論構築出的法國料理，能夠跨海在全球遍地開花，在日本也有很多很棒的法國餐廳，將日本食材運用法國料理的技術和方法論精彩呈現。反觀日本料理，不知該說優點或缺點，總之相當倚賴日本本地的食材，而唯有日本辦得到的食材流通速度所維持的絕佳鮮度，更是左右成敗的關鍵，因此我認為要在國外做出真正的日本料理，非常困難。

日本是個四季分明的國家，挑選的食材自然也會隨著四季有所變化。

春天，是吃「芽」的季節，像是楤木芽、莢果蕨嫩芽、玉簪芽等。整個冬天在空中飄移的虛弱太陽，一到春天恢復活力照射地面。土壤的溫度一升高，微生物蠢動，各式各樣的植物也隨之萌芽。無論是莢果蕨嫩芽還是蜂斗菜苗，蕨類、玉簪芽、土當歸、竹筍，所有嫩芽紛紛冒出頭。春天就是食用嫩芽的季節，也是萬物在體內吸取生命力的季節。

夏天是吃瓜果的季節。例如小黃瓜、茄子、番茄、苦瓜，這些在太陽活力下結果纍纍的蔬果。從藤蔓結實的則有西瓜、瓠瓜、哈密瓜、南瓜之類。從「芽」到「果」，自古人們隨季節攝食蔬菜養分移轉的部位，就是這個道理。「葉」也是在夏天吃。在充分吸收陽光下，夏天也是葉片好吃的季節。

到了秋天，植物總算累積能量，為明年留下種子而結實。除了柿子、梨子等水果，還有銀杏、栗子……這些種子的果實中都儲存著養分。果實落地，回歸土壤，或是被其他動物吃掉，移動到陌生土地上等待下一個春天來臨。

到了冬天，地上的植物變成枯葉或種子落地，成了土壤中的養分，使大地中正貯藏養分的蔬菜變得更好吃。蘿蔔、蕪菁、紅蘿蔔，這些根莖類蔬菜，都是在寒冷季節於土壤中孕育生命。

日本人的飲食就是依照這個循環，這也是「吃當季時令」的概念。所謂的日本料理，正是品嘗這日本四季不同的時令食物。日本料理當然有獨特的技術、樣式，及哲學，但這些幾乎都是為了突顯「時令」食材真正美味而誕生的。

美味的答案就在大自然之中。在不自然的食材裡，是尋不著美味的。

我所謂的「自然」，除了包括四季、天然的要素外，有時也指在調理科學上或自然法則的意義。

料理在鍋子裡或砧板上顯現的種種不可思議現象，多數以科學的角度來看都只是再自然不過。為什麼用不同形狀的鍋子燉煮，所需的時間也不同？為什麼只是讓鍋蓋開個縫隙，就能做出細緻滑嫩的茶碗蒸？為什麼用炭烤能夠做出散發美好焦香的燒烤料理？超過二十年，每天有大部分時間都在廚房裡的我，見識到種種不可思議——但現在看來都是再自然不過的各種現象，我也想趁機在本書之中，一一介紹給大家。

我年輕時很喜歡夏卡爾（Marc Chagall）和馬諦斯（Henri Matisse）的油畫，也因為這個緣故，我到了法國。現在我喜歡日本畫，其中又以水墨畫這類簡單的構圖最吸引我。我最喜歡的畫家是長澤蘆雪。長澤蘆雪是江戶時期中葉，也就是一七〇〇年代後期的畫家，特色是使用墨和淺色的畫風。日本畫通常以單一線條來描繪出輪廓，或是光以輪廓的曲線來呈現實體。無論臀部的豐滿或是臉頰的盈潤，都不會繁複細塗，而總是試圖用一條簡潔線條來表現。這樣的作業在塑造出空間的同時，也不容許修改。相對來說，西方繪畫則是不斷重複疊色，總之就是要盡量塗滿，總是給人畫面上沒有空白部分的印象。

油畫與水墨畫的差異，令我聯想到這恰巧就像是法國料理高湯「fond」與日本料理高湯「出汁（DASHI）」的不同。日式高湯幾乎都是水。雖然百分之九十九是水，其中卻有淡淡的柴魚鮮味及香氣，昆布的鮮味及香氣。再加入極少量的鹽、極少量的醬油。另一方面，小牛高湯（fond de veau）雖然外觀是液狀，其實成分幾乎是膠質與蛋白質，我認為那並不是液體，而是呈現液狀的固體，小牛高湯放涼之後會像肉凍一樣凝固，就是最好的證明。牛骨先烤過，洋蔥先炒過，紅蘿蔔也要炒再放進去，加入香草，疊上一層又一層的鮮味，熬煮所有材料。

相對地，日式高湯是以水為根本，加入淡淡的鮮味與風味，點到為止。

在水墨畫之中，描繪的部分固然重要，而空白之處也不能有多餘的元素。所以我就想到，這套用在日本料理上也是相同的道理，尤其日式高湯更是類似在一張紙上，一邊思索留白的同時揮灑水墨畫筆。

留白之美。

我認為這才是日本人的美學。不加入必要以外的元素，不是去層層堆疊，甚至將所需的要素控制在最低程度。

我自己也一樣，在二、三十歲時，一心一意想做出前所未有的料理，認為非得打破既有觀念才行，否則就失去自我創作的意義。換句話說，我滿腦子在意的都是自我表現。可是，這種料理做得愈多，自己愈感到厭倦，因為有太多不必要的東西。雖然是自己做出來的，卻仍無法接受，因為自己也清楚得很，其中並不真實。不真實的創作，毫無意義。過了四十歲，我開始這麼想。而這一轉念，才讓我看到了由日本這個國家豐饒自然產出的食材是多麼豐盛，多麼難能可貴。

第一章　前菜

吧台就是舞台

四十歲那一年，我下定決心自立門戶，在元麻布開了「神田」。

準備自己來開一家店時，我有幾項考量。首先——而且也是最重要的，就是店裡的料理，必須全數由我自己來做。因此剛開幕時除了我之外，廚房工作人員只有兩位分別為二十歲和三十歲的女性。她們倆幾乎沒有餐廳內場的經驗。我一個人站在吧台前，她們一個站在我旁邊，一個則在後方廚房。至於所有的料理，則都由我親手做。

從處理魚料、製作高湯、煮飯、甚至做冰淇淋，全部都要自己構思、自己動手。因此，我將店面的坪數控制在最小程度，縮短距離好讓我的雙眼、雙手及心意都能與客人充分溝通。在我心目中，料理原本就該是這樣做的。

廚師隔著吧台與客人面對面，無從逃避。正因為這樣，更要努力到不需要逃避。雖說是開一家店，但本質終究是在於經營客人與自己的信任感，是人際關係。我希望能夠在「神田」好好維繫在那些大餐廳裡體驗不到的人際關係。因此，我認為吧台才是對自己而言最為理想的職場。

店裡的吧台與後方的廚房是分開的，後方的廚房非常小巧。相信有不少人都認為「廚房寬敞一點比較好用」，但根據我個人過去的經驗，對於烹調過程中慢一拍口味就差很多的日本料理，廚房愈小則愈好。尤其燉煮料理或烤魚，更是稍微分神一瞬間，狀態就會完全不同，必須保持隨時可以處理的距離。

外場的吧台是舞台。客人在用餐同時能看到我們工作時的樣貌。不過，我刻意做了點設計，讓客人不會直接看到砧板上的狀況。高度剛好是看得到我正在做菜，卻看不出在做什麼。因為無法窺得全貌才有想像的空間，提高期待感，希望能讓客人保持「接下來會出現什麼樣的菜色？」的好奇心。

由第一口酒構成的菜單

客人的食量有多大、喝什麼酒、酒量好不好，我認為判斷這些的標準都在人走進餐廳坐定後，品嘗第一道菜、喝下第一杯酒時的反應之中。比方說，第一杯啤酒是怎麼喝的——當然一定會有例外，然而酒量好的人，多半第一杯會是大口大口暢飲。也就是第一杯酒喝得很快。

喝第一杯酒的速度，與整體喝的量與速度，一般來說大多成正比。只能喝一杯啤酒的客人，通常也不會在一口氣灌下一杯啤酒後才說「接下來只要給我茶就好」。因此，從喝第一杯酒的速度就判斷出客人酒量很好的話，料理也要配合出一些好下酒的菜色，而且遇到這樣的客人，我會避免在最後的主食提供含有大量碳水化合物的炊飯，而安排以清爽一點的雜炊（ZOUSUI）（鹹稀飯），若是時值夏日，可能就上素麵，調整為對身體負擔較輕的料理。

另一方面，第一、第二道菜吃得很快的客人，理論上是食量比較大的，我會斟酌客人的預算，構思搭配出比較有分量、飽足感的菜色。

來到餐廳的客人百百種。有銀髮族夫婦，也有年輕女性朋友，或是跟主管一起來的年輕男性。如果客人是來招待客戶的，就不好提供像魚頭之類邊談話邊吃來頗費工夫的菜色。至於年紀大的客人，應該會喜歡調味淡一點的燉煮料理。來自國外的客人，遇上與自己國家飲食習慣差太多的食物，可能會很難入口。而為了讓所有客人都覺得好吃、開心，我們必須更費心調配，更去了解這些細節才行。這也是我心目中對吧台割烹這份工作的期許。

品味四季的飲食

來談談前菜。

第一道菜，我總會先準備讓客人能感受到季節氣息的菜色。季節的氣息有時存在於食材，有時在口感，或許是溫度。

春天，就使用能感受到萌芽春意的食材，搭配溫和的調味，例如土當歸、蕨菜的煮浸小菜（註1）或胡麻拌菜，還有清燉鯛魚白子也不錯。春天的美味，就是要直接品嘗到即將萌發的生命活力，以及季節、大自然的恩賜。

夏天則比較適合「滑順」、「有彈性」、「爽脆」這類的口感。我個人推薦冰到透心涼的蓴菜、用高湯浸泡到入味的芋莖，或是淋上冰涼高湯的蛋豆腐。梅雨時節，來點糖煮青梅或許也不錯。當然，在提供這類涼菜時，也不能忘記要考量到客人的腸胃。

秋天講究「鬆軟」口感。銀杏、松茸，稍微烤一下就好吃。如果暑氣仍未消，葡萄豆腐泥拌菜也不錯，這道前菜滋味清爽，卻也能感受到秋天的腳步來臨。過去日本有句諺語是「別給媳婦吃秋茄子」，意思是叫人不要寵壞媳婦，可見秋茄子有多好吃。

而提到秋天的茄子，我想還是烤了吃最美味。我永遠忘不了以前在京都的「千ひろ（CHIHIRO）」吃過的烤茄子，那道烤茄子吃起來就像南國的果實，飽滿多汁。同樣一道菜色也能在「千ひろ（CHIHIRO）」老闆的哥哥經營的「千花」嘗到，但這卻讓我明白，遇到一道任何人都會做，卻可以做到無人能及的美味料理，真的能讓人打從心底深深感動。

冬天，坐定就先來一道熱呼呼的前菜會很開心吧。我總會配合客人預約訂位的時間，下鍋蒸茶碗蒸、蒸蕪菁之類。雖然由於中間有段時間差，不容易抓準精確時刻，但我認為這正是餐廳展現體貼的小地方。

我個人雖偏愛茶碗蒸，但其實也很喜歡蒸蕪菁。蒸蕪菁熱呼呼且溫和的滋味，再淋上帶有柚香的芡汁，光是這樣就令人忘卻戶外的寒冷。天冷的時候，我希望自己端出來的前菜不只是能讓客人感到身體溫暖，還能夠連心都一起暖了。

（註1） 煮浸（OHITASHI）是將食材燙熟後，浸泡在高湯內入味的做法。

茶碗蒸的回憶

我升上中學沒多久，老家從原先的魚舖改做餐廳及外送。

每次客人聚餐結束後，我和姊姊兩人就幫忙收拾，偶爾會剩下連碗蓋都沒開過的茶碗蒸。我很喜歡去找出來，找到就會先留下，等收拾完和姊姊一起吃。忘了是媽媽察覺到，還是我去央求她，總之後來只要有客人聚會吃套餐，媽媽就會幫我們多做兩份。茶碗蒸還是現做的好吃!!這是理所當然，但媽媽專程為我做一份料理，讓我覺得特別享受，每次都好期待。

有一次，我還得寸進尺點菜，要求媽媽幫我做一份茶碗蒸，裡頭只放我最喜歡的百合根。媽媽說：「只有百合根沒味道啦。沒有雞肉、香菇，就沒有高湯呀。」但小孩子哪懂得這是什麼意思。「沒關係啦，你就幫我做只加百合根的茶碗蒸嘛。」後來母親還是幫我做了，結果那份茶碗蒸與我想像的完全不同，根本沒什麼味道。之後我才慢慢懂得，雞肉、海鮮丸子、銀杏、百合根、香菇、鴨兒芹，還有柚子，這些食材的味道搭配有多麼重要。這是我印象中第一次發現——料理，好像沒那麼簡單。

元麻布「神田」的茶碗蒸

我們店裡的茶碗蒸是用鹽、薄口醬油和味醂來調味。在我四處磨練廚藝的那段時期，學了各式各樣茶碗蒸的調味，但這個味道是繼承爸爸的口味（一直以為是媽媽的味道，後來才知道調味是由父親負責）。味醂下得還滿重的。比例是三顆蛋搭配高湯五〇〇cc、味醂五〇cc，加上適量的鹽和薄口醬油。這就是「神田」的茶碗蒸。口味非常溫潤。

一般在家裡做的正統茶碗蒸，加入的料大多是蝦、雞肉、香菇，還有銀杏、百合根、鴨兒芹和柚子。不過在元麻布「神田」，為了營造季節感，我則會配合各種季節食材來製作。冬天用「牡蠣加百合根」，春天是「鯛魚白與蠶豆」，夏天則加入「狼牙鱔配番茄」，至於秋天當然是「狼牙鱔與松茸」。

各位也不妨可以試著選擇能夠煮出鮮美高湯、散發芬芳香氣的食材，搭配色調與口感對比發揮巧思，自己在家做。

茶碗蒸加熱的訣竅就是「慢工出細活」

要做好舉凡茶碗蒸、蛋豆腐、布丁，也就是將蛋汁打散之後再蒸到凝固的料理秘訣，簡單地說就是「慢工出細活」。

蛋的凝固點在攝氏七〇度左右，重點就是在如何加熱到逼近這個溫度。雖說我個人的想像，但當蛋汁與高湯逐漸凝固時，讓分子慢慢手牽手緊密結合非常重要的。要是溫度能夠徐徐升高，分子和分子之間也比較能將手牽得緊密。短時間迅速凝固，只會有光滑Q彈的口感，而緩慢加熱、緩慢凝固，則無論蛋豆腐，或是布丁，都能入口即化。入口即化的濃稠口感，就是令人感到美味的關鍵所在。

在專業廚房裡是以氣炸烤箱之類來控制溫度，但在一般家庭想要達到類似的效果，建議用質地較厚、尺寸稍大的碗來做，調整容器的厚度和尺寸大小來達到「緩緩加熱」的目的。

另外還有個重點。由於蒸氣累積在蒸鍋內，氣壓上升，溫度會超過攝氏一〇〇度。因此當蛋液表面凝固後，必須將鍋蓋稍微開個縫隙。這麼一來，就能使鍋子裡的蒸氣發散，蛋液便能在恰到好處的溫度下凝固。要是溫度過高，高湯和蛋汁會分離，也就會產生所謂的「氣泡」。

最近愈來愈多專業廚師以低溫、長時間的方式，來調理魚類、肉類料理。慢工出細活——我認為這就是在加熱蛋白質時，最能符合期待的真理之一。

豆腐泥拌菜要用板豆腐

冷前菜的經典菜色首推豆腐泥拌菜。使用的豆腐基本上是用鹽滷凝固的板豆腐。豆腐取出後先用水沖過，去除鹽滷的味道。接著切成六塊左右，放進裝了水的鍋子裡加熱煮一下，等到豆腐在鍋子裡晃呀晃地浮起來，就迅速撈起。這也是湯豆腐美味的祕訣。將豆腐稍微燙過，口感會變得更紮實。燙的過程還能排出多餘的水分，濃縮豆腐的滋味，但是如果煮過頭，就和茶碗蒸一樣會出現「氣泡」，這樣就不好吃了。

將加熱後去除多餘水分的美味豆腐，用棉布包起來輕輕壓一下。以往在這道程序之後我是用研缽磨成泥再調味，現在在「神田」則是用食物處理機打成泥。這是因為透過高速攪拌，可以將空氣打入豆腐中，能夠讓豆腐泥變得更鬆軟綿密。

調味只加入極為少許的鹽、味醂、薄口醬油、砂糖，重點是襯托豆腐的原味，因此淡薄的調味最是關鍵。

至於說到一併拌入的食材，春天的話，最棒的就是調味過的蕨菜。初夏則是麝香葡萄或東方甜瓜，秋天用事先煮過入味的菇類，冬天加入蟹肉或百合根也不錯。

日本料理是靠第三口來定勝負的。第一口就覺得好吃的調味常讓人一下子就膩了。我希望自己做出來的味道能像老奶奶做的紅燒菜，雖然清淡，卻怎麼吃也吃不膩。

用高湯凍來做「煮浸生菜」

為了想提供客人真正健康的生菜料理，我設計了一道叫做「煮浸生菜」的夏日前菜，是用和風高湯凍來取代淋醬的沙拉。

用高湯製作湯凍時，我會在混和高湯四〇〇cc、味醂五〇cc、薄口醬油五〇cc之後，加入九公克的吉利丁溶解，再加入兩大匙炒過的胡麻拌勻，接著放進冰箱冷藏約半天便可完成。取用時以湯匙搗碎，放進沙拉，就能夠立刻上桌。這是一道很健康的和風醬汁，用蔬菜棒沾著吃也很合適。加入少許檸檬汁或酸橙汁，風味還會變得更為清爽。

胡麻椪醋

秋天的烤茄子，夏天的汆燙狼牙鱔，當端出這些以季節美味食材製作的前菜時，「神田」除了經常佐以前述的和風高湯凍，有時也使用胡麻椪醋。

製作胡麻椪醋，我會先取一五〇公克的胡麻炒香，將其磨成糊狀，再倒入煮沸過的酒一五〇ｃｃ，加上十八公克的和三盆糖、酸橙醋五ｃｃ，最後則是五〇ｃｃ我們店裡自製的椪醋。

這兩種醬汁可以單獨使用，但是我多半會同時混用，它們很適合搭配在一起使用，各位在家裡也可以嘗試。

日本料理與劍道

在吧台與客人面對面時，其實和劍道的精神很類似。

我認為，不用眼、用心，真正去直面客人，根本做不出好的料理。因而我會試圖確實掌握客人的年齡、體格、喜愛的飲品，當然有時候也會猜錯，但此時更重要的就是不能畏怯，依舊要持續直面客人。

我從年輕起就滿腦子都想著要進步、要更加磨練手藝，要做出更好吃的料理，話雖如此，當時也曾多次生出逃避客人批評抱怨的念頭。

我想，無論是誰，直接聽到來自客人的不滿，必定都會很難過、心痛。而且，通常只要告訴自己「這個客人根本不懂」，就會好過一點。

沒有吧台的話，這時只要與外場人員吵一架就好。縱使外場說：「客人要求出菜快一點！」也可以躲在廚房嗆對方：「做菜又不是變魔術，快不了啦！」不過一旦設有吧台，直接面對眼前的客人，就絕不可能這麼處理。有外場人員在客人與廚師之間當作緩衝固然輕鬆，但是我從過往的經驗學到，這種情況只會在自己心裡留下不滿的情緒。

也因此，我認為自己在團隊之中，不能只當個指導者，只在後方出一張嘴指揮，必須親自握著菜刀，和客人真刀真劍分出勝負才行。畢竟吧台的另一側，才是唯一自我突破的出路。

在我的店裡，客人永遠擺在第一位，而不是我自己。若有工作人員進到吧台內幫忙，我也要求他們不能只是面向我，必須與我一起面對客人工作。我始終保持這樣的態度。既然如此，我又怎麼能躲進廚房裡呢？所以，只要主廚神田不在時，「神田」就不營業。我希望能持續這個模式——只要「神田」開門營業，就一定有神田在店。

而當我一進入吧台，整個人即進入腦袋全速運轉的工作模式。這位客人現在狀況如何，我本身又是怎樣，料理煮到哪，裡頭的廚房正在做什麼……

所以通常我不太與客人交談。雖然我很想好好回答每一個問題，但料理時完全沒辦法放鬆心情與客人閒聊。然而，從客人的表情及用餐的狀況，就能夠大致了解對方覺得好不好吃。換句話說，客人已經用動作和表情提供非常多的訊息，而我的工作就是盡量多去觀察體會，然後反映到下一道菜上。

有時候真的覺得好辛苦，但還是要設法完成工作，不能逃避。對店家來說，來到「神田」或許只是每天的例行工作，但對客人而言，卻可能是慶祝重要紀念日的晚餐，也可能是為了接待貴賓。

有些客人甚至是早在一個月之前訂位，還會告訴我：「我好期待今天這一餐呢！」為了讓這句話不成為壓力而能確實化為喜悅，我認為平日的努力非常重要。在那一瞬間，我總是希望能繼續磨練自己，更上層樓。

第二章　生魚片

由嘗來味道最好的魚種大小決定的「神田」座位數

「神田」一天會接待的客人人數大概是十八位。

這與我認定某些魚種「嘗來味道最好的大小」有關。最好吃的鯛魚，大約是一尾一・五到一・八公斤重。鰹魚是半尾二・五公斤重的好，鰈魚的話則是一公斤重。冬天的大比目魚就算放到第二天做生魚片還是很棒，所以一尾大約三到三・五公斤重的就差不多是能用兩天的量。以上就是我認為這幾種魚吃來最美味的尺寸。

如果每種魚各切三片，約莫是十七人份到二十人份。由於套餐裡頭一定會有生魚片，於是以我偏好的魚料最佳尺寸為基準，決定了一天接待十八位客人的上限。

這件事非常重要。舉例而言，若一天來了二十五位客人，就必須用一尾

一．五公斤重和另一尾一公斤重的鯛魚，但我個人不太喜歡一公斤重鯛魚的味道，更不想用來製作餐點。若因此換成一尾超過兩公斤重的鯛魚，肉質又會比我想像中稍微硬了一點點，同樣不及格。

此外，無論竹莢魚或星鰻，也都有各自最美味的理想尺寸。為了能確實使用理想尺寸的魚料來調理，店裡座位在十五到二十席之間是最好的。若更進一步精準計算，就我的料理而言，最理想的座位數即是十八席，因為一旦非得採購不同尺寸的食材，就會使得原先計算好的各個細節全都被打亂。

一天只做一餐生意

順道一提，當天叫一尾兩公斤的鯛魚來，在晚餐時段先使用十五人份，再將剩餘的留到第二天午餐使用，這在日本料理餐廳是常有的事，不過這也是我不經營午餐的原因之一。畢竟我個人實在不喜歡用品質下滑的魚料來做稍微便宜的菜式，感覺好像是在告訴客人：「午餐賣得比較便宜，但就只有這個水準。想吃真正的好料，就晚上再來吧。」

我不經營午餐的另一個原因，則是不認為自己在一天之中能夠維持戰戰兢兢的情緒來面對工作兩次。

我有很多音樂人朋友，就算在正式演出之前，也能夠若無其事找我閒聊。我曾經問他們：「你不用綵排嗎？」則有人回我：「不可以綵排呀！要是一綵排，就會在綵排時盡情發揮，到正式演出時就唱不出來了。」當然，事前一定少不了練習，不過到演出前又再綵排的話，反而會損耗正式演出時該有的氣勢。因為累積的情緒若不能一口氣爆發，就不能真正打動人心。我一天只做一個時段生意的道理，也和此相同。

從中午開始準備進貨，工作人員身穿T恤與工作褲就工作崗位。三點左右，我進入廚房後，所有人便繃緊神經。先檢查所有材料、針對訂位的客人討論適合的菜單，要能看出當晚的料理的雛形，大概也是四點多了。趁所有人的腦袋都進了全速運轉模式，我們就會邊吃員工餐，進行最後微調。確定能用盡所有當日處於最佳狀態的食材、確保不會有任何不周到的地方方才完成的菜單出爐時，通常已經是五點半左右。這時，所有人便整理儀容，換上純白、上了漿的白色制服，調整心情準備迎接客人。要是從下午就穿著白制服，等到開店時衣服可能就弄髒或是弄皺了，會很不舒服的。餐廳就是舞台，我們會把每個角落都打掃得乾乾淨淨，擺好裝飾的花，用全新的心情以及純白的衣著，等待客人的到來。

春之鯛、秋之鯛、冬之鯛

再回來聊聊生魚片。

用完前菜後，我希望讓客人趁肚子還有點餓時，就吃到美味的生魚片和好喝的湯品，所以要立刻上菜。畢竟生魚片可是日本料理的精髓所在。

生魚片會以當季的魚種為主，有高達八成的機率我會端出白身魚。

提到生魚片，最棒的當然非鯛魚莫屬。

鯛魚，一般都認為春天是當令，但我認為原則上油脂較多，味道好的，其實是秋天的紅葉鯛。只是過去只有小漁船的時候，不太容易捕到棲息在水底較深之處的紅葉鯛。大部份人認為春天的櫻鯛最符合時令，我推測應該是由於春天鯛魚為了產卵，會浮上來接近海面，容易捕撈的緣故。

鯛魚喜歡吃蝦子之類的甲殼類，這是因為鯛魚的頭部較大，骨骼強健。這種頭大而骨骼強壯的魚，多半棲息在海底多岩石分布的地點。由於頭臉部位很強健，牠們就算大口吃附在岩石上的貝類、海螺、蝦子等等，也不會受傷。一般常說瀨戶內的鯛魚最好吃，是因為瀨戶內海養殖了很多熬高湯使用的小蝦，海中到處是帶蝦味的浮游生物，鯛魚們都吃那些長大，所以在明石或鳴門，好的鯛魚都帶有類似活明蝦的鮮甜。

反過來說，棲息在太平洋的鯛魚並沒有這麼好的食物來源，肉質中便沒有甜味。由此可知，魚會因為所吃的食物而帶有不同味道。因此內海或沿岸的鯛魚在市場上的價格往往是太平洋產區的好幾倍，同是鯛魚卻又完全不一樣。上好的鯛魚來自關西的鳴門、明石，關東則來自佐島。其他像是九州棲息在海灣裡的鯛魚也很受人喜愛，可能同樣是因為入海處有很多甲殼類可吃的關係。

春天的鯛魚固然好吃，但秋鯛又更富含油脂一些。這是因為水溫下降，魚也理所當然拚命吃飽囤積油脂來抗寒。這樣的魚肉若搭配椪醋，口味上會有些衝突，還是沾著香醇的醬油最好吃。至於春鯛，因為沒那麼多油脂，又帶著高雅的鮮甜，我覺得切薄片沾點椪醋，或是搭配海苔、鹽與山葵都好吃。至於隆冬時期的鯛魚，油脂更是豐厚，適合做成類似炙燒生魚片那樣，稍微炙烤一下魚皮，讓皮下油脂散發焦香。

夏天吃鰈魚

夏鯛又稱為麥桿鯛，不太好吃。因為過了產卵季節，變得比較瘦。

說到夏天的白身魚，大多會想到鱸魚，不過我個人不喜歡。身為河口魚挺悲哀，感覺總是擺脫不了一股土臭味。

夏天最棒的還是鰈魚。其中又以一尾一公斤重的鳴門真子鰈為最，好吃得沒話說。帶有清新透明感的口味，散發淡淡的乳香，切片後沾鹽和山葵吃，令人一下子忘卻白天的酷暑。若切薄片的話，就搭配椪醋，另外我還會附上新潟縣六年熟成的調味辣醬「かんずり（KANZURI）」。

和纖細魚肉質地完全相反，有著豐厚油脂的鰈魚肝，其滋味也相當獨特。夏季產的一公斤重的鰈魚，有著最為溫潤高雅的魚肝。八百公克的就不行，一定要是一公斤重的鳴門產鰈魚。這一點我絕不妥協。

等一天再料理比目魚

吃鰈魚要在夏天，但和鰈魚極為相似的比目魚，卻要等到冬天才好吃。鰈魚棲息在相對靠近岸邊的沙灘，而比目魚則生活在更深的海底。由於兩種都是運動量少的魚，皮下脂肪少，並不適合拿來做烤魚。用其他動物來比喻的話，有點像雞胸肉。不像牛或豬都有層厚皮，其下還有皮下脂肪，再往下是帶著脂肪的肉，各層有各層的脂肪分布，而雞胸肉卻是皮下即為含有膠原蛋白的肉。比目魚也如此，並無油脂分散在各部位，整隻幾乎都由膠原蛋白和纖維質構成的魚。類似這種肉質，還有河豚、鮟鱇、剝皮魚。這些魚的特徵就是魚肉幾乎不帶油脂，卻在肝臟保有豐富的油脂。

剝皮魚也是很好吃的白身魚，抹鹽醃過之後必須在半天之內趕緊做成生魚片。因為剝皮魚的魚體小，肌肉很快就變硬。重量三公斤左右的冬季比目魚或許由於蛋白質分解的速度較慢，要到了第二天會才達到最美味的狀態。

河豚也是第二天會更好吃，只是魚肝實在太恐怖了（註1），我還不敢出手。

順帶一提，鰈魚魚肝要吃生的才好吃，比目魚的魚肝則是燙過的更美味。而將鮟鱇魚肝先泡上一天一夜的鹽水，經過放血後，再和柳橙一起隔水加熱紅燒得甜甜鹹鹹，冰透了再端上桌，則是「神田」風格的做法。

花枝要細切的道理

花枝和魷魚都是軟體動物，也就是說，因為沒有骨骼也能生存，肌肉非常結實堅硬。要將花枝切細的第一個理由就在這裡。由於肉質硬，所以基本原則便是要切成細絲，或是用菜刀劃出細密的切痕。

順帶一提，將從北海道捕撈的魷魚切成細絲的「魷魚素麵」彈性十足，非常好吃。九州呼子產的花枝也很棒，只是對我而言，仍然不敵生長在冰海之中魷魚切絲後的魷魚素麵所具備的絕佳口感。把切成細絲的花枝放進冰透的三杯醋（註2）之中，佐上蔥花和薑泥，比起形形色色的創作料理，這種能讓人紮紮實實感受到自然美味的傳統料理才是真工夫。

我在店裡通常也會將花枝切成細絲，或是用菜刀在表面上劃出很多細切痕來出菜。花枝的纖維不容易咬斷，所以才要先在表面劃出細切痕，而這些切痕又更能讓舌頭感受到花枝的鮮甜。這是因為花枝皮和肉的構造分成細細好幾層，舌頭若是只接觸到花枝皮表面，感覺不太出味道，但當舌頭碰到切口剖面時，就很容易嘗出鮮甜。在花枝表面劃出切痕，會讓剖面變多，等於增加舌頭接觸面，更容易感到鮮甜。

（註1）河豚的肝與卵巢普遍含有大量河豚毒素，誤食會引發呼吸困難致死，做為食材使用時有許多限制。近年雖有新技術能養殖出無毒河豚，但做為食材時的安全仍尚有疑慮。

（註2）以等量的醬油、醋、砂糖或味醂調製而成，帶著酸酸甜甜的醬油。

「YOKO」生魚片的回憶

我們店裡並不太使用鮪魚腹肉。要用的話，也是用赤身（註3）較美味的部位。近年來，客人們的舌頭一個比一個刁，已經不太有所謂的鮪魚腹肉神話了。來到「神田」的客人，主要還是以四十到六十歲居多，這些客人早在年輕時候就已經吃過很多鮪魚腹肉，不少人現在反而喜歡帶點鮮美酸味的鮪魚赤身。

這個部位很稀少，通常都是高級壽司店鎖定的目標，比較不容易送到割烹料理店來。不過，每年到了十一月、十二月，總還是想用用鮪魚，給客人搭配海苔、鹽及山葵一起吃。比起沾醬油，真正好吃的鮪魚赤身要搭鹽才最美味，而這等美味也唯有日本的黑鮪魚才具備。雖然印度洋也能捕到南方黑鮪魚，但還是略遜一籌。我想多半是因為水溫不如日本低的關係吧。

不過，我在老家德島縣，則是從小吃由「YOKO」這種魚做的生魚片長大，我非常喜歡「ＹＯＫＯ」。德島人所說的「ＹＯＫＯ」，其實就是本鮪（北方黑鮪魚）或黃鰭鮪魚的幼魚。這種幼魚不像高級成魚那樣有著濃縮凝聚的鮮味，如果成魚的肉質是羊羹，那幼魚就是水羊羹。在鮮味不會過於濃厚、粉紅色的「ＹＯＫＯ」淋上大量酸橙汁，再沾點醬油，就是我小時候最喜歡的味道了。

德島人真的真的對「ＹＯＫＯ」喜愛有加。我當然也很喜歡濃厚美味的鮪魚，但始終無法忘情「ＹＯＫＯ」的美味。或許這是因為從小全家人一起吃著爸爸切的「ＹＯＫＯ」生魚片的回憶所致吧。

依魚種決定切多厚及配合時節選醬油

生魚片的厚薄，多少依照種類有些許不同，但大致上仍以一片十公克為

（註3）魚體背部不帶油脂的部位，色澤鮮紅。

基準。雖然和魚隻的大小也有關，但魚隻較小的話，肌肉組織也較柔軟，會切得比較厚些。至於大尾的魚，由於肉質比較硬，就會斜切成薄片，視整體分量來增加表面積。

至於生魚片沾的醬油，我也會視季節和魚種來調整。

店裡總是備有多種醬油和多種椪醋。口味輕盈、帶有果香的椪醋是夏天專用，當夏天提供鬼虎魚、鰈魚切成的薄薄生魚片，我就會搭配以水果氣味為特色、帶有果香的椪醋，使生魚片吃起來更加爽口。

當冬天使用比目魚做生切薄片，或是要提供河豚之時，則用加了很多柴魚片且帶著陳香鮮甜的椪醋。「陳香」指的是熟成後的美味，在椪醋中加入柴魚片放置熟成三個星期之後，就能製造出陳香效果。即便是椪醋，我認為冬天就該用口味上相對濃醇的種類。畢竟冬天的魚比起夏天時的油脂豐厚得多，搭配的椪醋當然也要在鹽分或濃醇感上更重一點才行。雖然都是椪醋，我也會將其分為夏椪醋和冬椪醋來運用。

此外，在夏天，我有時會用梅肉或高湯凍來搭配生魚片，或只給客人鹽來沾。仔細觀察食材品質及油脂，加以判斷，決定適合的調味料才是重點。生魚片，絕對不是只講究刀工的料理。

鹽或醬油？

前面提過，近來當我想品嘗食材原味時，感覺最棒的方法還是沾鹽。而用於此時的沾鹽，便是廣島的「藻鹽」。這種鹽也曾在百人一首的「等候遲遲不來的人，此身宛如松帆海邊夕陽下的藻鹽草，這般煎熬。」（藤原定家）中出現，據說這也是日本最古老的製鹽方法，是將「馬尾藻」這種帶紅色的藻類以海水浸泡，再加以乾燥製成。

由於藻鹽含有天然麩胺酸，當然和魚類中的肌苷酸很速配。只要沾藻鹽與山葵，幾乎哪一種魚都變得極美味。當然，我也非常喜愛醬油，但現下我不再認為最適合生魚片的調味料就是醬油。當然就調味而言，醬油在很多地方都有出色的表現，但就生魚片來說，醬油並非百分之百萬用。例如花枝或是某些白身魚，要品嘗魚肉本身的香味，還是沾鹽比較能突顯出食材的香氣。無論是剝皮魚、比目魚或鯛魚，都屬於這一類。不過，這裡所說的前提是下酒，如果是配飯，自然少不了醬油。配飯時吃的生魚片，會讓人忍不住想沾醬油啊！

配啤酒也是醬油好。配白酒或日本酒時，就是沾鹽比較理想。若能加上現磨的山葵泥，就太完美了。

此外，雖然我建議沾鹽吃，還是會同時附上醬油。要是只提供了鹽，對客人說「請沾鹽吃」，客人反而一定會想要沾醬油試試。若同時附上鹽和醬油，再向客人建議沾鹽吃，絕大多數的客人就不會去沾醬油了。

這是心理上的問題吧。就算心中也覺得沾鹽比較好，但如果店家只給了鹽，客人一定會產生「什麼嘛，人家也想試試醬油呀。」之類的心理。所以我會直接將兩種沾料都端出來。這麼一來，客人會覺得是自己選擇了鹽——一種主體性在己的感覺，因此能夠接受。如果沒有給醬油，客人可能會因為心想「說不定沾醬油更好吃呢」，反而心生不滿。

鰹魚與鮪魚的大遊行

接下來談談從南方順著黑潮而來的鰹魚與鮪魚。

棲息在海面附近的魚，和在海底的魚是不同的。出沒在海面附近的魚，背部都是青色的。為什麼這些魚背部呈現青色呢？那是因為這些魚有必要與海水的顏色同化，以免受到空中鳥兒的攻擊。另一方面，又由於會受到大魚來自海底的覬覦，腹部的顏色則變得和從海底往海面看時一樣的白，也就是形成腹背兩面的保護色。

青花魚（鯖魚）、沙丁魚、竹莢魚、鯡魚，這些通稱「青皮魚」的魚有個共同點，就是魚肉帶點紅，肉質軟嫩。這是因為牠們都在海面附近活動，運動量大，又不受到海水壓力所致。不過，也有例外，其中最具代表性的就是鬮竹莢、鬮青花等「定居的青皮魚」。竹莢魚或青花魚這類青皮魚，成群在海流之中移動，找到食物多且稍微深的海域便定居下來。當魚類迅速游動時，體溫會上升，導致血紅素增加，肉質會帶紅色，然而一旦定居下來，就不再游得這麼快，加上有海水的水壓，便變得和鯛魚一樣偏白色，若帶有油脂則呈現糖色。這類魚無法以網子捕撈，得用「一本釣」的釣法，儘管價格高昂，但很好吃唷。

當這些青皮魚還是幼魚時，會乘著海浪載浮載沉，比較大型的青皮魚，例如鰹魚、鮪魚甚至把這些幼魚當食物追捕。在鯨魚開始追逐起最愛的沙丁魚的時候，差不多就是一年之中充滿綠意的春夏之際。「初鰹」在三月下旬來到高知海岸，一路北上經過銚子海岸，繼續往北，在越過氣仙沼一帶後，則會由於冰冷的海水又開始往南。這就是所謂的「返鰹」。

高知的鰹魚體型小，油脂也沒那麼多，但正因為如此，將腹部做成帶有銀色魚皮的「銀皮生魚片」時，便能夠品嘗到鰹魚原有的香氣，非常特別。聽說我祖父很喜歡這種鰹魚生魚片，繼承神田家血脈的我也很喜歡。在高知，以稻草煙燻的「稻燒炙烤鰹魚」也很有名，很可惜近年愈來愈多是用瓦斯燒烤了。而五月來到關東、銚子一帶，油脂恰到好處的初鰹，是古時江戶人的最愛，甚至還有句俗話說「當掉老婆也要吃」，這話若出現在現代應該會引起婦女團體的抗議吧。據說當時的江戶人吃初鰹時，還會沾上大量的「辛子」，也就是今天的黃芥末呢。

「食初鰹，若無辛子，令人掉淚。」（英一蝶）

所以在「神田」，鰹魚生魚片也一定搭配醬油和黃芥末出菜。黃芥末的辛辣，更能襯托出鰹魚濃郁的鮮甜。

而當我使用「返鰹」時，則會燒烤一下帶皮那面。「神田」用的不是稻草，而是平底鍋。先以菜刀在魚皮上劃出細刀痕，平底鍋內不抹油，直接將魚皮那面朝下按進鍋，用大火燒烤。被本身的油脂燒烤得皮脆焦香的鰹魚，隨即又被我切片上桌。這道可同時品嘗到烤魚表面酥脆的美味焦香、涼涼赤身鮮甜的炙烤生魚片，深受客人喜愛，各位也務必在家裡試試看。搭配口味濃醇的「再仕込醬油」（註4）更是對味。

鰹魚北上之後在三陸海岸南下，而鮪魚體型較大，不怕冰冷的海水，則繼續北上通過津輕海峽，如大間鮪魚就非常有名。日本自古便將在北海道與青森之間捕獲的鮪魚視為最高等級。鮪魚通過這片冰冷的海域時，為了禦寒充分累積了豐厚的脂肪，極為美味。此外，一般要捕鮪魚需要大型漁船或拖釣漁船，但當鮪魚通過海峽時，海岸附近也能看見明顯魚影，出船只要鎖定此處，就能捕到。

在歐洲，講起捕鮪魚，便會想到直布羅陀海峽，在日本，則必稱大間。

這兩個漁場離陸地都很近，可迅速處理漁獲。據說鮪魚在游動時，時速可達一百公里，這表示體溫很高，游動的同時張開嘴吸入海水，經過鰓吸取水分及氧氣，讓身體一邊降溫，一邊游動。如果突然停止游動，鰓會立刻噴出鮮血無法呼吸，導致鮪魚的體溫上升而死掉。葛西臨海公園的鮪魚不也是不停游動著嗎？這就是鮪魚的生物特性。

而夏威夷海岸或印度洋的捕鮪船，一捕到鮪魚就得馬上冷凍，所以船上最需要的設備就是急速冷凍庫，據說得耗資約一億圓。若只是跑海峽的捕鮪船，就不需要這樣的設備。

總之，鮪魚會來到日本海。牠們下探新潟，經過富山的藍瓶（註5），再回

（註4）也有人稱「二次釀造醬油」。將一般醬油中使用的食鹽水改成生醬油來釀造。

（註5）海底谷非常接近海岸的海域。富山灣的海底斜坡有著許多深谷，相較之下海水顏色比附近更藍。

到九州。鮪魚就是如此強韌，打從一出生就在海中深處游動，不斷探尋冰冷海域，營養充分又一直在水溫較低的水域迴游，於是油脂也豐富。我個人認為其中最美味的，則是去了一趟日本海吃了很多花枝的鮪魚，肉質豐潤，鮮甜可口。

這就是乘著黑潮這股暖流而來的鰹魚與鮪魚的故事。

海洋與太陽

磯釣魚類，好比眼張魚（平鮋）、石狗公、黑鯛、石垣鯛，這些魚最好吃的時期是在每年四、五月。這個季節天氣變熱，豔陽高高照著岩岸。於是岩岸的溫度上升，棲息在岩岸的生物——像是微生物、蝦蟹、海星、貝類等都充滿活力。以這些生物為食的魚類牙齒很利，頭部較大，即使撞上岩石不會受傷，牠們為了覓食，也都群聚在岩岸一帶。

我很喜歡像這樣去思考自然現象之間的關連。比方說，若感覺最近天氣晴朗，日照強烈，就知道差不多到了蠑螺好吃的季節，或是小黃瓜的味道應該還不賴之類。說穿了，我們這一行是與大自然為伍的行業，只不過大自然可不是靠日曆來運作。生物並不是一到四月就非得開始遷徙、快點發芽，而是隨著氣溫、海水溫度、水流變化在活動的。

比方說，沖繩有一種名為「スクガラス（SUKUGARASU）」的小魚，大多是醃漬後再放上豆腐一起吃。這小魚其實就是臭肚魚的幼魚，一年之內只會出現三天。牠們雖只會在四月到五月間的晴朗日子出現三天，卻必會來到沖繩海域，沖繩人就趁那三天大撈一年份的小魚去醃漬。只要海水的溫度、風、氣溫等條件符合，小魚一定會出現。大自然的精確度，常常超出人們的想像。

「元麻布神田」與「沖之濱神田」

我出生於德島縣德島市沖濱町。父母親在家附近的「二軒屋」這個地方經營一間名叫「神田鮮魚」的魚舖。我還記得門口掛著一塊招牌，大大寫著「神田鮮魚」幾個字，還畫了一群游來游去的鯉魚。我小學一畢業，爸媽就結束掉魚舖，將店面改建成住家開起餐廳「沖之濱神田」，並提供外送。

而我也從一開始就打算以「神田」做為自己開店時的店名。

我之所以叫自己這家店「元麻布神田」，是認為我仍然承繼了神田這個家，只是由於地點不同，分成「沖之濱神田」和「元麻布神田」而已。

元麻布這間店的「神田」招牌，即是利用過去老家使用的砧板製作的。這是我父親以前殺星鰻、切狼牙鱔、剖花枝時使用的砧板，我不過是將這塊砧板稍微修整一下形狀，再以藍染加上「かんだ(KANDA)」的字樣。很多人以為字是黑色，其實是藍染，而字體則也和沖濱町的神田招牌一樣。雖然我沒能回鄉繼承父親的店，但希望能夠確實傳承到他的精神，所以我將同樣的字刻在砧板上。這也是傑出的平面設計師麴谷宏大師的作品。

現在我店裡有兩塊吧台用的砧板，也都是用父親幫我裁切的檜木製成。而且是早在我開始當學徒時就裁好的。砧板這玩意，在木材砍下來後若沒有經過個十年完全乾燥，木頭的氣味會太濃，是不能做成砧板的。因此父親在我初當學徒時，就已經想到要先確保木材日後使用之需，當我繼承家業時才不會沒得用，真太感謝他了。

店裡用來處理生鮮魚料的切魚刀上，也用平假名刻著「かんだ（KANDA）」。這則是象徵記下魚舖時代的「神田鮮魚」之名，刻在刀上來提醒自己不要忘本。另一把我每天拿在手上的生魚片刀，則刻上「沖ノ浜（OKINOHAMA）」，故鄉的名字。

「神田」從我祖父挑著木桶到處賣魚，至今已經是第三代。我之所以能這樣提供新鮮美味的生魚片，除了從父親身上繼承到「神田鮮魚」的精神，也多虧曾為市場中盤商的父親友人為我送來的那些棒到不行的眾多鮮魚。

第三章　湯品

用雙手端著湯碗品嘗高湯

「神田」近來有很多來自外國的客人光臨。雖說以前也有，近年承蒙米其林介紹，感覺又增加不少。開心的同時也讓我有些煩惱，原因就是湯品。

東方的客人看到湯品會很開心，但似乎常有西方的客人認為「湯喝起來沒味道」。

基本上，日本料理的湯品口味是清淡的，並不像西式清湯——例如肉汁高湯（Consommé）、法式清湯（Bouillon）那樣，有著只要喝上一口，滋味就排山倒海而來的濃郁調味。那到底要怎麼做，才能感受到這種若有似無的淡雅滋味呢？

首先，請放下筷子，雙手端著碗。集中精神後，同時運用鼻腔與口腔，享受「在湯碗中探尋出淡雅滋味」的那股喜悅。我衷心希望各位能讓自己的心去貼近料理、貼近食物。那或許有點像傾聽誰的輕聲低語般，只要將自己的心往美味貼近，就一定能感受到的。

前來享用日本料理的日本客人，大多都會很期待湯品。大家了解一般在家不可能做出這種高湯，所以原本就抱著「來品嘗好湯」的心情等待。然而西方客人卻常常只是心想「哦，湯來啦」就喝起湯來，兩者面對湯的出發點，可說是完全不同。

那麼，該怎麼縮短這種出發點的差距呢？我想，還是只能請客人先放下筷子，雙手捧著碗喝，用心找尋其中的滋味。我會告訴客人，只要這個小動作就能讓味道大大不同——這其實是茶道的精神吧。雙手穩穩捧著茶碗，將自己的精神與情緒融入其中，這和無意識地任由排山倒海而來的滋味侵襲，可是截然不同的世界。

日本料理湯品的內涵，唯有主動貼近湯，才能深刻體會。

追求「淡」的哲學「真味只是淡」

三十幾歲時，我有一段時間在德島的「婆娑羅（BASARA）」工作。吧台後方的地板有一根「卒塔婆」。卒塔婆是立在墳墓的細長木板，上面卻寫著「真味只是淡」幾個字。這句話出自中國的經典《菜根譚》，意思是「真正的好滋味，是非常清爽淡薄的」。

我覺得，無論是剛煮好的白飯散發出的香甜氣味、淡雅細緻的湯品滋味，以及在德島老家吃的「YOKO」生魚片那爽口的美味，其中都蘊含了「真味只是淡」這句話。

人是很容易感到膩的動物。日本人終歸是在追求著不會感到膩的口味，走到底的結果就是「淡」一字。追求「淡」味，就是日本料理的哲學。

真味只是淡——這句話似乎有著一點一滴逐漸滲透的力量。在料理上，我愈是思考就愈是走上這條路。這句話是當年師傅告訴我的，真的非常感謝他，讓我了解到這麼棒的一個依歸。

取高湯要用軟水

在巴黎的餐廳服務時，我發現就算所有食材的外觀和在日本時用的看來沒兩樣，實際上還是有所不同。當時我重新檢視每項食材後，也在同時換了做菜用的水。在那之前，我以為什麼水都是一樣的，甚至直接用自來水做菜，不料用巴黎的自來水取出的高湯，卻一點都不好喝。

於是我嘗試換水，沒想到竟因此有了重大發現。就在我放棄使用自來水而改用「富維克（Volvic）」之後，突然就成功做出柴魚高湯了。原來富維克雖是礦泉水，仍屬於軟水，近似日本的自來水。這代表什麼呢？這代表著取昆布高湯時，在浸泡相同時間下，軟水會比硬水能夠導出昆布的味道。

若是要做法國料理，以長時間燉煮食材的手法，凝聚濃郁味道，使用屬於硬水的法國自來水無妨，但若要取味道淡雅的日式高湯，換成富維克會理想很多。

水有軟硬之分——在去法國之前，我從來沒想過這種細節。過去，大家並沒有買水喝的習慣，都是直接喝自來水。現在講到「水」，很多人也會想到各種不同品牌種類，例如「我喜歡法維多（Vittel）」、「我覺得富維克好喝」或「最近在減肥，我都喝礦翠（Contrex）」等等，可是在當時一講到水，大家想到的就只有自來水。

不過，多虧當年的經驗，才讓我發現「取高湯時要用軟水」這番道理。

容易引起對流的鍋子

那麼，取高湯時要用什麼樣的鍋子才好呢？

當水沸騰，熱能從下方持續往上推時，就算從上方丟入柴魚片，也無法讓高湯入味。假如水量太少，甚至只能見到泡泡由下往上冒。換句話說，若是熱能只有從下往上一個方向，即使從上方投入柴魚片，煮再久都只是在熱水表面翻滾。既然如此，只要製造熱能循環上下對流，理論上柴魚片就能在投入的瞬間開始迅速入味。

由此來推想，鍋底最好能接近圓形。日本過去使用的釜鍋（即現在的鐵鍋），底部就是圓形，容易引起對流。然而生活機能電氣化之後，家家戶戶都用瓦斯爐，鍋底也變平了。在挑選鍋具時，要盡量找口徑小的，這樣可以藉由高水位來引起對流，輕鬆取高湯。

一番高湯的取法

取一番高湯（或稱「頭湯」）時，若把柴魚片的精華以一到十來表示，大約只取其五。若再花更長時間熬煮，雖然能取到七、八甚至九的精華，卻帶有澀味，但使用在湯品料理的一番高湯並不需要帶有鮮甜的澀味，況且如果湯底濃度高，還必須配合多加鹽。所以，在追求淡雅的湯品世界裡，是不能將柴魚片的成分完全取到十的。

柴魚高湯的濃度愈高，就得加上更多鹽才好喝，這是味覺平衡的問題。因為「鮮味」有多少，鹽分也要有多少，所以不能取太多的鮮味。取過多，營造不出纖細的滋味，必須適可而止，這正是湯品講究之處。

外行人常會一不小心就過了頭，心想「我的手藝不好，得放多一點柴魚片才行」，結果就加了一大把。熬出來的湯過濃，這麼一來就得配合再加進更多的調味料，於是味道會變得很重。也許這是因為大家還不太了解該怎麼面對味覺平衡矛盾之故吧。

或許有人會說，既然這樣，就用少量柴魚片來煮湯就好呀。這也不對。用少量柴魚片，搾出所有精華，取出對整體而言鮮味較稀的高湯，和僅使用大量柴魚片來萃取最優質的精華，意義又不同了。所以重點是，雖然還是要使用大量柴魚片，但不要煮太久，煮個三十秒左右就撈起來，方能成就一番高湯。

至於剩下的柴魚片會繼續用來取二番高湯，所以並不會浪費。不取鮮味過多、不讓鮮味過重，取出細緻且講究的湯底，才是煮好湯的第一步。

在此提供各位在家中取一番高湯時可採用的具體步驟。

在直徑十五公分的雪平鍋（帶柄鋁鍋）中加入七〇〇cc的水和出汁昆布（取高湯專用的昆布）四公克，靜置兩小時左右。取出昆布，加熱到稍微沸騰後關火，待表面靜止，再加入二十六公克的柴魚片，三十秒後用鋪了廚房紙巾的篩子過濾。這樣大約是四人份。

如果覺得這樣太暴殄天物，冒出一股慾望想多熬煮一下，或是想要再加熱、再泡久一點時……請搞清楚這樣的想法會糟蹋好好的一碗湯，請回想起日本人「花瓶中以花少為宜，澆水多不如少，感覺更清爽美麗」的感性。

話說回來，柴魚片與昆布的品質好壞當然也會影響成果。所以在這裡也來聊聊如何選擇昆布和柴魚片。

煮昆布來吃，要用質地較軟的日高昆布。取高湯時，就要用羅臼昆布。「神田」使用的是老字號奧井海生堂的藏圍羅臼昆布，那是有著極致香氣與淡雅滋味，格調直逼頂級古酒般的昆布。

柴魚則是使用經過兩次發霉處理的「本枯節」，去除中間魚肉腹背交接處的「血合」部位，每天削片。一般市面上個別包裝的產品，幾乎都是沒有經過發霉處理的「荒節」，請各位在購買時睜大眼睛注意看。

經過兩次發霉、完全乾燥的本枯節非常美麗，表面閃爍著宛如紅寶石的光澤，現削的柴魚片絕不遜於頂級生火腿，散發出濃郁的煙燻香氣。

在北方冰冷海底孕育成長，像一棵大樹般的羅臼昆布。來自南方海洋，充滿生命力的鰹魚。從這兩者萃取出的日本料理高湯本身，不就已經是極其奢華的佳餚了嗎？

先試過高湯的口味再加鹽

湯品調味的訣竅，在於不要一下子就加鹽，要先試試高湯的味道，接著加入一撮鹽，這樣才知道已經加多少鹽下去。此時不要去想加醬油的事情，就當作自己只能用鹽調味即可。

覺得味道沒問題了，想要增添點香氣，再滴入兩、三滴薄口醬油，如此便就有了纖細中帶有醬油香氣及濃醇，且富含鮮味的湯底。此時鹹度略高，但再加入香氣豐富的吟釀酒，鹽分濃度就會下降，恰到好處。

至於酒要加多少，若以前面提到的一番高湯食譜分量（四人份）為例，大約是使用一大匙。不過，這也和醬油量、柴魚片的狀態和品質都有關係，沒辦法給一個精確的數值。

總之，就方法論來說，就是用鹽來調味。雖然加入薄口醬油，卻不是為了鹽分，而是要增添香氣。另外，最後再加點吟釀酒來提味。剩下的就只有不斷重複練習，熟能生巧。想要一次就上手，那是不可能的。

麩胺酸與肌苷酸的方程式

前面說明的是用於招待客人，非常正統的一番高湯做法，接下來則介紹一種很適合家庭料理的萬能高湯，從湯品到親子丼的醬汁都能使用。

做法很簡單。在大鍋裡準備一公升的水，放進五公分的出汁昆布、二十公克柴魚片，接著用中火加熱。小心撈掉浮泡雜質，沸騰之後調整成小火，熬煮約二十分鐘，待湯汁變清之後，用鋪了張廚房紙巾的篩子過濾。

這樣就好。同時煮昆布和柴魚片也無妨，覺得可惜，用力擰出留在廚房紙巾上的剩餘湯汁也沒問題。這種高湯由於花了時間用小火燉煮，不容易氧化，鮮味和風味都能持久。

需要留意的，只有一定要使用口徑小的鍋子，以及必須恪守昆布和柴魚的用量。主要是這牽涉到鮮味成分，也就是昆布鮮味成分的麩胺酸，和鰹魚（柴魚的原料）鮮味的成分肌苷酸，兩者必須取得平衡。

柴魚和昆布，是肌苷酸、麩胺酸的黃金組合，也可以說是日本料理的黃金組合。套用在義大利菜，胺基酸（鮮味成分）的黃金組合要角就成了番茄與海瓜子。番茄為麩胺酸，海瓜子有琥珀酸。番茄和其他魚貝類搭配的話，就是麩胺酸和肌苷酸。中國菜裡的雞肉、乾香菇，似乎也是這個組合。鮮味取自何物的搭配真的很奧妙，藉由相互組合更能發揮驚人效果。

番茄是麩胺酸含量最多的蔬果。與同樣含有麩胺酸的昆布成分相同。對義大利人來說，番茄與其說是蔬菜，更像是一種萬用高湯。因此，在義大利菜裡才會把番茄加熱來吃，或是將魚貝類、肉類加到番茄醬汁裡。

番茄不但有鮮味，還有酸味。因此，若是日本料理之中加入番茄，也能得到很現代風的清爽美味。

每到夏天，「神田」就會推出以柴魚高湯煮的番茄飯，以及用沾麵醬稍微煮一下番茄來配日式素麵，或是將番茄剁碎後用高湯小煮一下，淋在炸過的白身魚上。另外，也會做番茄味噌湯。或許會有人對這樣的組合感到不可思議，但是既然我們很清楚柴魚片和番茄一定合拍，那就絕對錯不了。客人起先都會感到很驚訝，卻也都大讚很好吃。畢竟是麩胺酸搭配肌苷酸，不可能不好吃的。

此一組合還有很多的應用方式。只要根據胺基酸的法則，就算不特別取高湯，直接使用食材也一樣美味。在我的腦子裡，儲存了一套胺基酸組合的方程式，因此能隨時構想各種食材搭配組合，這些組合在實際嘗試之後，也的確好吃得很。

除了麩胺酸、肌苷酸之外，還有其他鮮味成分，例如干貝裡的琥珀酸。我認為琥珀酸是一種非常難比較的鮮味，得靜下心來細細品味才能夠體會，屬於「格調」相對高一些的美味。

此外，據說乾香菇及乾牛肝蕈裡所含的鮮味成分——鳥苷酸還是日本人發現的呢。

十二個月份的當季真丈

一般提到日本料理套餐的湯品，大多是配合時令變換的燉煮料理，不過在「神田」，則大概有七成機率會端出「真丈」（註1）。我本身很喜歡這種丸子，口感雅淡，在碗裡頭挾開，卻不會碎掉，還是能用筷子夾起來送進嘴裡，入口即化。若放進在嘴裡還很有嚼勁是不行的，必須質地輕柔，卻不會在碗裡挾開時就四散進湯裡，才是理想狀態。

高湯的量，我大概會控制在九〇cc左右，再多就太多了。至於湯料，真丈丸子一顆四十二公克，搭配香菇十公克即可。這個分量會讓人想要再多吃一點，如果丸子一顆五〇公克，吃下去會感到很滿足。不過，因為已感到滿足，對於下一道料理的期待值就會變低。這是我實驗的結果。

我希望能讓客人停在差一點點才滿足的狀態，這樣才能將食欲延續到最後。一旦在吃套餐的途中感到滿足，接下來無論出什麼樣的菜色，客人就都不會在乎了。

因此，在我的店裡使用的湯碗比其他店裡的來得小一些，只比盛裝燉煮料理的容器稍大一點點。這是因為九〇cc的湯汁倒入一般的湯碗時，看起來量很少，有點單薄，所以我選用了稍微特殊的尺寸。

至於丸子，我則會配合季節使用各式各樣的材料來做。比方説，春天用蠶豆，夏天有玉米，秋天挑銀杏，冬天則以毛蟹搭配百合根。在此就從一月起，為各位依序列舉「神田」經常會出現的季節真丈。

一月是松葉蟹和百合根。二月是文蛤和海苔。三月是鯛魚白和海帶芽。四月是竹筍和油菜花。五月是蠶豆和小蝦子。六月、七月有玉米和小明蝦。八月是毛豆和狼牙鱔。九月是生腐皮和狼牙鱔。十月是銀杏和明蝦。十一月是牡蠣和海帶芽。十二月是毛蟹和百合根。

（註1）發音為「SHINJYO」，原本是指使用山芋和蛋白為主要材料的蒸煮丸子，後來隨著時代變遷，也不拘泥於使用山芋。在日文裡多寫做「真薯」，也會寫做「真丈」、「糝薯」「真蒸」，而在台灣日本料理店裡多寫做「真丈」。神田先生本人則偏愛用平假名「しんじょ」來表記。

食材本身的自然甘甜

「神田」一整年裡會推出各種不同的真丈丸子，其中最常使用的，則是各式各樣的甲殼類和豆類的搭配。例如小蝦子和蠶豆、毛蟹和百合根等等，挑選合乎時令、糖度接近的食材來加以組合。基本上真丈只會用鹽來調味，因此食材的鮮甜會是最大關鍵。

當我們在吃新鮮的蝦蟹時會感受到一股鮮甜之味，嚼食生鮮蔬菜、嚼茶葉時也會覺得甘甜。這時我們品嘗到的並非砂糖的甜味，而是食材本身的甜味，這種未經調味就存在的甜味，我稱之為「自然甜味（Nature Sweet Taste）」。

最能讓人感覺到自然甜味的食材就是蝦和蟹，這是非常容易立即體會的美味，連小朋友都喜歡。要體會白身魚和赤身的甘甜則需要累積一些經驗，但蝦蟹的話就很簡單明白，而蠶豆的甜味也和蝦蟹很類似，無論是甜味的分量感，或是調性都很像。

當我發現這件事時，才心想「蠶豆和蝦子」一起入菜會很搭吧，沒想到回頭一查，中餐廳裡就有一道「蠶豆炒蝦」，覺得被搶先一步了。不過後來「神田」湯品菜單中就多了鮮蝦蠶豆真丈，以及蟹肉玉米真丈。以自然甜味類似的食材組合來思考，會發現水果和魚、蔬菜和魚、甲殼類和豆類都很好搭配，吃起來完全沒有格格不入的感覺。

例如，滑蛋豌豆蝦仁。光用想像的就覺得鮮甜美味吧？小蝦和百合根的什錦炸餅也不錯吧。百合根不是豆類，而是根莖類蔬菜的一種，自然甜味十足，小蝦子和百合根搭配做成茶碗蒸也很好吃。

這種運用自然甜味分量感相類似的食材來組合入菜，是我個人近來頗為熱中的課題。

鮮蝦蠶豆真丈

關於鮮蝦蠶豆真丈的做法如下。準備五百公克的魚漿、淨重六百公克的燙熟去皮蠶豆，還有將明蝦燙熟後剝殼剁成的蝦泥四百公克。將以上材料攪拌後，加入三顆蛋黃與少量油，填入模型中蒸熟。

蝦泥、蠶豆對魚漿的比例如果太高，會鬆鬆散散無法成型。但魚漿過多的話，又會變成像魚板的口感，因此要隨時用水或油來調整硬度。製作時要多多留意各食材分量的平衡，才能嘗到用筷子一夾就輕輕分開的鬆軟真丈。

一道菜裡最多三要素

過去的茶碗蒸，裡頭會有鮮蝦、蒲燒鰻、雞肉……宛如一場歡樂的狂熱大遊行。我當然不討厭這樣，也非常享受這樣的料理，但在構思自己的料理時，總覺得若是一道菜裡同時存在甜味或軟硬度不同的食材，會讓格調整個降低了。

我打定主意，務必限制自己一道菜之中最多只能加入三項要素。我不做這個又佐上那個，或是這樣裝盤後最上方再加上這個，也就是避免類似多重奏的做法。所以我做菜時，基本上不會發生一道菜裡這也加那也加的狀況，相反地，真要那麼做的時候甚至會用上二十種左右的食材。雖說偶有那種例外，但原則上只要先決定好要提供什麼給客人、確定要讓客人對於這項食材產生什麼樣的感覺，接下來就會自然發現不用再加太多其他東西了。

用第六感來感受真正的味道

繪畫也好，音樂也好，我認為所有帶有藝術性的專業工作，打造其背景與深度的，就是知性與見識。

我覺得湯品是日本料理的芳華，也是最具代表性的象徵，是最能體現出廚師才華的料理。因此，湯品裡的配料正是一名廚師對於事實、知識、見識的集大成。湯品的成敗不僅取決於廚師的五官所感與料理技術，其所具備的文化、知識背景，則會決定湯品滋味的深度。

所謂的「見識」，就是觀察各項事物，並加以判斷的能力，也是將事物細細分析，能夠了解到多深入的程度——這就是廚師對食材的理解力。

食材具備的特徵是口感還是香氣，抑或是兩者融合之後所呈現的風味？或是軟硬度才是其特色？廚師對於食材究竟有多少了解，對於食材的優點及特性的觀察究竟多深入，這都會強烈呈現在湯品用料之中。如果只是粗略地從表面去認識食材，呈現出來的就是很膚淺的世界。能夠讓湯品展現味覺的深度，才是廚師的真本事。

我認為，品嘗的人會從第六感去感受到這份見識。就像是即使不具繪畫技巧的人，在看到一幅傑出的畫作時，仍會深深感動。

即便對繪畫一竅不通的人，當看到真正優美的畫作，也能感受到它的美。例如梵谷的「向日葵」，或許在課本角落印得小小的看不出來，但看到原畫應該就能領略。或是聽一名很厲害的歌劇演員唱出動人心弦的樂聲，即使從來沒聽過歌劇，想必也會受到衝擊，為其歌聲而感動。

這和自己是否具備歌唱能力完全是兩回事。我認為雖然不是每個人都能成為藝術家，但是人人都具備著感受藝術特質的能力。當然，兩者之間有所差異。不過，縱使是嫌棄喝紅酒的人，讓他試試法國最頂級的酒莊羅曼尼・康帝（Romanée-conti），他也一定會說好喝。日本酒也一樣，讓不喜歡日本酒的人喝喝超級好喝的日本酒，他也會覺得美味。

正因為如此，我認為能將優秀廚師的素養、見識完全呈現的湯品，同樣也具有感動人心的力量。我雖然還有待歷練，但每次在面對湯品時，都會深感日本料理奧妙無窮，是個值得不斷深入學習的領域。

第四章　壽司

用壽司帶入中場休息

我在巴黎的餐廳工作時，有件事常教我頭痛，就是法國客人總會問我：「你不會捏壽司嗎？」「這裡沒有甜點嗎？」

成為壽司師傅所需的訓練，和當日本料理師傅要學習的內容完全不同，但對法國人來說，只會覺得「日本餐廳竟然沒有壽司？豈有此理？」過去在日本也有一段時間，客人到義大利餐廳點不到披薩會大發脾氣，差不多是同樣的道理吧。當然原因也不僅如此，畢竟在歐洲，一間餐廳沒有甜點，簡直令人難以置信。因此，我也很認真學習捏壽司、做甜點。當年的努力至今仍發揮用處，體會到世界上絕對沒有努力會白費。

我們店裡在湯品之後，會有一道「お凌ぎ（OSHINOGI）」，上的是小份壽司。

通常會提供一或兩貫，讓客人嘗點壽司。這也有種區隔之意，雖然套餐的最後會以飯食作結，但過程中會出個壽司，代表在此暫時告一段落。稍微墊個肚子，調整心情接下來繼續小酌。

想當初好不容易在巴黎的餐廳學了壽司，回到日本之後我也曾擔任過壽司店的主廚，更重要的是我自己非常愛吃壽司。在套餐中場會出現壽司，有一部分也是出於我個人的喜好。

要用一句話來說明「壽司這種料理哪裡吸引人」，我會說是「能享受到含有空氣的醋飯彈性，以及搭配魚料所得的絕妙滋味和口感」吧。

大家都知道，米飯的特色就是溫熱時富有彈性，冷了就失去彈性，變得硬硬的。但在米飯中加點醋再放涼的醋飯，重新加熱之後，又會重拾彈性及黏性。面對具有黏性的米，手指上該沾多少水，才能讓魚料就定位，又不至於讓醋飯沾得滿手呢？這就端看捏壽司的人有多少本領。在手上沾多點水，的確就不會讓醋飯黏在手上，但這麼一來魚料也黏不上去了。

順利和魚料配成一對的醋飯，一咬下也不會立刻就散掉，能在口中來段長時間的約會。

當然，配合魚料肉質的軟硬在手中調整醋飯的軟硬度，也是非常重要的。

醋漬魚用的是百分之百酸橙

當年還在德島的壽司店工作時，有一位客人告訴我。

「神田，你用的這醋不怎麼樣耶。我們鄉下的壽司大多都用純的酸橙醋唄，還是天然醋比較好吃吧？」

德島地區盛產柚子和酸橙，所以會用百分之百的天然果汁來做壽司。這些柑橘類果汁在當地就稱為「醋」。當然不只果汁，還加了砂糖，那位客人的建議，就是要我單純使用天然柑橘類果汁來做做看。

這句話對我有如當頭棒喝。一般提到「醋」，我們還是會想到純米醋或穀物醋，可是若從使用天然食材做料理的角度出發，用柚子、酸橙、檸檬等果汁來做，照理說也應該很美味吧。

過去我用醋來處理青花魚或刺鯧時，加的都是純米醋，再滴個幾滴酸橙汁來稍微增添一點香氣。自從那次聽了客人意見，我便改用百分之百的酸橙汁來做。到現在我處理竹莢魚、青花魚時，也都用百分之百的酸橙醋。這會使得魚料帶有強烈的果香，但絕非行不通。一開始也會擔心，果香太重會不會造成味覺失衡，結果完全沒這回事，非常好吃。

至於壽司用醋飯，畢竟還是米，與純米醋仍然比較搭。雖然也會加一點酸橙或柚子汁，但醋飯基本上依舊以純米醋為主。

不過醋漬魚肉時，就會用百分之百天然果汁。

或許是因為我過去在德島生活，酸橙和柚子醋這些食材常伴身邊，總讓我感覺是比較自然的，認為用在料理上一定會更美味。

酸橙裡所含的檸檬酸，對舌頭、鼻腔的刺激較低，可以做為清爽的酸味來給壽司添味。而且據說還有消除疲勞、改善肝功能的效果。我想，對身體應該也很好吧。

反映四季的壽司

介紹一些四季當令的美味壽司。

春天是春子鯛壽司。春子鯛又稱血鯛，是體型很小的魚類。因為沒辦法潛到深處，不會承受水壓，肉質非常軟嫩。所以在料理春子鯛的時候，應該要設法發揮這軟嫩，使其化為好風味。

把春子鯛片成三片，將帶魚皮的那一面過熱水迅速汆燙。這種魚的皮也帶有香氣與甘甜，要連皮一起吃。浸泡冰水後輕輕擦乾，再撒少許鹽。鹽要是撒太多，會讓難得的軟嫩肉質緊縮起來變得結實，這點要特別留意。撒完鹽不放進冰箱，就在常溫下靜置三、四個小時，讓鹽融入魚肉中。

處理青花魚的話，會先用鹽巴醃一天，再用醋醃一天，但是由於春子鯛沒什麼油脂，肉質也軟，只要用鹽稍醃三小時，捏成壽司之前過個酸橙汁就可以了。見到表面隱約浮現白色，我就會儘快將其捏製上桌。

春子鯛握壽司和蛋黃鬆非常對味。使用沒什麼油脂的小魚時，我通常會加點蛋黃鬆來稍微增添濃醇口感，加上蛋黃鬆的春子鯛壽司，無論色彩還是滋味都十分柔和，真的是春意盎然的壽司。

至於蛋黃鬆的做法，則是在蛋黃裡少量分次加入砂糖及味醂，放進鍋裡隔水加熱，用五根筷子攪拌凝固成型。

沙腸仔（沙梭）也能做出類似的壽司。優雅，柔美，符合春天印象。

夏天首推狼牙鱔棒壽司。在京都，人們在夏天常會把照燒狼牙鱔做成棒壽司來吃。一般來說，棒壽司是吃冷的，但我們餐廳不是壽司專賣店，而是現點現做的「料理屋」，因此會在客人面前燒烤狼牙鱔，直接做成棒壽司請客人趁熱吃。

要做出熱呼呼的棒壽司，其實技術上有些困難。如果不提高米飯的密度，米飯過於鬆軟，便無法和肉質較緊實的狼牙鱔達成平衡，很難切開。反之，讓米粒緊密，雖然好切，但是吃一小塊就飽了，又影響接下來的食慾。因此米飯密度還是要適度，鋪上烤得熱騰騰的狼牙鱔，才能品嘗到夏季美味。

特別熱的日子，我就不會把狼牙鱔做成照燒，而以「切骨」（註1）手法處理，再用炭火稍微炙烤一下魚皮，擠點酸橙汁，搭配鹽一起上菜。

秋天的話，最有名的就是青花魚棒壽司，不過，最愛家鄉味的我，通常端出刺鯧的姿壽司（註2）給客人。每年八、九月的阿波舞祭典一結束，酸橙的價格就會直直落。用大量酸橙汁醃漬的刺鯧，連頭骨都會變得很軟，可以整尾直接做成壽司食用，我也特地會用酸橙或柚子醋製成與其搭配的醋飯。四國地區即便入秋，暑氣仍盛，這道口味清爽的壽司，應該能舒緩夏季留下的疲勞吧。

到了冬天，還是鮪魚最美味。所以就做鮪魚握壽司。「神田」的鮪魚握壽司，過去會先把魚料醃過，最近則是在捏好之後，再撒點粗鹽調味，而且無論赤身或腹肉，我都會這樣處理。好吃的鮪魚，搭配高品質的山葵和鹽來品嘗，那股在口中擴散開的高雅芳香是我的最愛。

（註1）用菜刀在一寸魚骨上細細切出二十四、五刀，把尖刺完全切碎。

（註2）將小型魚類保持外觀完整，去除內臟後醋漬捏至而成的壽司。

捏鮪魚壽司時，通常會先用刀在魚肉上劃幾道再捏，這是為了使魚料能折曲，增加與舌面的接觸面積，比起一整片平平地接觸舌頭表面，凹凸不平更能加大觸及面，更加強烈感受到甘甜的鮮味。此外，魚肉上劃出斜刀痕，除了看來美觀，放在醋飯上也比較安定，各位在家裡不妨也試試看。

日本料理不需要食譜

在「神田」全年受到客人喜愛的星鰻壽司，每天都從處理鮮活星鰻的步驟開始。星鰻一定要從活魚開始料理，否則就沒辦法煮得軟嫩。在我們店裡，學會「怎麼煮星鰻」就等於跨過一道大關卡。因為大家會在學習過程中深刻體會到，要每天做出相同的口味是有多麼困難。

說是星鰻，其實每一尾都不一樣。油脂多寡會因季節而異，體型大小則會影響肉質軟硬，調味要是沒有每天跟著變化，就沒辦法保持相同的味道。

在殺活星鰻時，或是在汆燙的時候能否做到「今天的星鰻比較小尾，只能短時間稍微煮一下」、「肉質有點硬，調味前要多煮一下」、「油脂比較厚，多加一點壺底醬油來調味吧」等等的觀察，都考驗著身為一名廚師的理解力與判斷力。年輕人講究的是整體畫一有效率，能寫成食譜的話全部都想寫成食譜簡化手續。然而，我們料理的對象是大自然，面對來自這自然界的所有食材，有必要針對每一個體去個別規畫食譜，能夠和這個事實正面對峙，才真正是身為專業廚師該有的自持。

回到星鰻，星鰻可用炭火稍微炙烤就上桌，不過我卻選擇每天一尾一尾的用心烤好每條星鰻，趁熱捏成壽司端到客人面前。常有客人問我：「不會很燙嗎？」要是我回答：「我一心一意只希望聽到您的一句好吃，所以幾乎不覺得燙。」會不會太耍帥了呢？

母親的壽司捲

做壽司捲時有個小訣竅。所謂壽司「捲」，是讓壽司成捲，而不是把壽司捲起來。真的用「捲」的，整捲都會變得又緊又硬。尤其我們店裡使用的是新鮮海苔，與烤過的海苔不同，會吸收米飯裡的水分，捲進飯裡必定使得整捲壽司硬梆梆。所以捲壽司的時候，只要輕輕捲起，讓海苔邊對邊合上，調整一下外型即可。

我念中學、高中時玩樂團，經常有朋友來家裡練團。這時候，我母親就會做壽司招待大家。

在老家的店裡，做壽司是母親的工作，母親會切壽司捲，還會用鮪魚的幼魚「YOKO」或鮮蝦做一些握壽司。

我們家的壽司捲算是素食版本，裡頭沒有蝦、沒有鮪魚，放的是滷好的葫蘆乾、乾香菇、煎蛋捲、鴨兒芹，以及口感類似凍豆腐的高野豆腐。材料非常簡單，卻極其美味，是我的最愛。但這從小隨手可得的美味，當年的我卻不怎麼懂得珍惜。

然而有一天，聽見來家裡玩的朋友這麼說。

「神田他們家的壽司捲，裡面竟然沒蝦也沒鮪魚！」

「我覺得鮪魚腹肉的握壽司比這個YOKO的好吃多了。」

我氣得要命，覺得真不服氣。如今想起往事，不禁感嘆我還真是打心底喜歡YOKO握壽司，即使現在成了廚師，依然喜愛YOKO遠勝過鮪魚腹肉。而相較於包了鮮蝦、蟹肉等各式各樣食材的壽司捲，我仍然較偏好只用葫蘆乾、香菇、高野豆腐做為材料，風味純樸的壽司捲。

並不是光有豪華的食材就好吃，也未必這樣就是一流。高級並非等於絕對的美味。的確，很多高檔食材都非常美味，但世上真的存在著雖然平實，卻能打動人心的料理。

在東京或大阪一講到壽司捲，總是又包海膽又包鮪魚腹肉，可能還放進花枝或鮮蝦，吃的時候我也是心想著真讚好奢華，但老覺得哪裡不太對。而每每回到德島鄉下，吃著母親做的壽司捲時，才覺得這是我心目中的第一，而且每次回家都會這麼想。直到現在，我還是捲不出像母親那樣能夠將空氣巧妙捲入的壽司捲。而這個簡單道理，卻是在我成為廚師，年過三十之後，才總算體會到的。

此外，我也是直到最近，才開始大聲說出自己最愛的味道是「小時候總淋上大量酸橙汁吃的YOKO生魚片」這件事。即使自己相信確實很好吃，一旦與周遭人們的價值觀不同，要突破心理障礙告訴別人真好吃，還頗有難度。不過，未來我仍會在「神田」持續提供這些我熱愛的家鄉美食。

「美味」的祕訣在於香氣與酸味

「酸味可以讓料理更爽口。」這句話，一直是我做菜時的關鍵。酸橙、柚子、金桔……我會使用各種不同的酸味。

覺得一道菜還少了點什麼時，我認為幾乎都是少了香氣與酸味。像是酸橙皮、柚子、柚子皮便同時擁有這兩項要素，我會拿來做為沖煮出味之用。經常看到有些店裡會在湯品裡附一小片柚子皮吧？在我們店裡不這麼做，我會在高湯裡加入柚子皮煮沸，這樣酸味能和湯化為一體，整碗湯都會散發出香氣。

一般來說，當覺得好像少了什麼，想要加點調味料時，多半都會加鹽。不過，不要加鹽，改以增添香氣或酸味，通常都會有比較好的結果。

例如，吃水餃時絕對不要沾醬油，要沾醋。比起沾醬油增加鹽分，沾醋吃比較好吃，而且還健康。當你在中餐廳裡點了燒賣或餃子，猶豫該沾醬油還沾醋吃，考量到兩者哪個健康，又能襯托出食物風味，還是沾醋比較好。中國人似乎自古就懂得這個道理呢。

那麼，法國菜呢？法國料理中的醬汁，簡直是鮮味與酸味的藝術結晶。在小牛高湯裡加入紅酒小火慢燉，最後加入奶油增添香氣，看吧，還是補了酸味呢。

至於在日本的一般家庭裡，要加一味時往往不加醋，而是理所當然地加醬油。為了要讓飯（米）吃起來更美味，小餐館的餐桌上絕對少不了醬油、配飯的菜裡也一定少不了醬油。但在「料理店」的話，就不會特別放醬油。因為在日本，料理店是喝酒的地方——所以才被稱為餐「飲」業。

關於這點，在外國的日式餐廳裡就充滿了矛盾。經常看到外國客人邊喝著日本酒，邊拿起壽司沾了滿滿醬油送進嘴裡。外國人常以為日本的醬油就等同西方的醬汁，這當然是完全搞錯了。西式醬汁——舉凡餐廳裡的醬汁，或是伍斯特辣醬油、番茄醬，其中一定有酸味存在，但醬油裡卻沒有酸味，只有鹽分。換句話說，沾太多醬汁味道會變「重」，醬油沾過頭，味道只會變「鹹」。西方人不了解之間的不同，總是會拿壽司沾太多醬油。

鹽分與酸味，為了健康，還是多攝取些酸味食物比較理想吧。

我們店裡則是連醬油都加了酸味，這叫做「補酸」，也就是補足酸味。用來沾生魚片的醬油，則先以小火煮，煮沸時加入醃梅乾，繼續再小火燉煮一陣子。由於水分會蒸發，我會再加點煮沸過的日本酒進去稀釋，免得醬油變得過濃。

在過去醬油尚未問世的時代，日本人是用鹽和梅醋來調味的。日文裡有個詞叫「塩梅」(ANNBAI)，表示程度、狀況之意，起源就來自這裡。古人早就知道用梅子來增添酸味。

因此，「美味」的祕訣就在於香氣與酸味。

以「酸」來串連的套餐料理

幾乎在所有餐廳裡都應該觀察得到這樣的現象——現在的客人比較不喜一道大菜吃飽飽，而偏好少量多菜，想一次品嘗多種不同的口味。

為什麼會有這種現象呢？因為人們平常在家裡吃飯，多半是用「今天吃炸豬排」、「主菜是漢堡排唷」這種形式，很快端出主菜，配著飯沒兩下就吃飽了。人到外頭餐廳用餐時，即是想花時間和他人共度一、兩個小時，如果又一下子吃飽，就太沒意思了。最好能很悠閒，慢慢享用各式佳餚。

此外，日本人有種特殊的性格，會對一件事很快就生膩。因此傾向嘗試不同食物，體驗各式各樣的口味。不過，卻不想要一下子就吃飽，因為還想試更多味道。反向思考，站在餐廳的立場，如何讓客人嘗到各種菜色，又不會吃到一半就吃飽吃膩，這才是考驗廚師的真本事。

看看我們店裡目前提供的菜色，有淋上酸橙汁的星鰻，還有用酸橙醋醃漬的青花魚或刺鯧，各種料理都經過補酸，添加了酸味。想讓客人多吃幾道好吃的料理，可是像甜味或濃醇這類味道，只要一嘗得多了，人類大腦就會很快覺得「夠了！」原因是當血糖上升到某個程度，嘗到含糖甜味的味覺就發出信號到腦部，告訴身體「已經吃夠了」，好讓人停下進食。從某個角度來說，我則是利用酸味來調整這項機制，讓客人依然保持食欲，或許這可算是我個人料理中的一項祕密。因為明白這些，我經常用酸味製造爽口清新的效果，為下一道菜鋪路。

這和日本料理「將調味料的分量控制在最低，使人體會食材淡雅滋味」的根本特質相通，也是我追求的目標。

第五章　烤魚

鹽烤活香魚

提到烤魚就想到香魚。

夏日向晚，享用烤香魚配冰啤酒，美味可說是難以言喻。烤得恰到好處的香魚魚頭，帶焦香與微苦的魚鰭，還有內臟的苦中帶甘——香魚就是一種品嘗苦味的魚。而這股苦味，遇上啤酒後瞬間又變得甘美了。

香魚在日文裡寫成「鮎」，為什麼在魚邊有個占呢？我查了一下。

香魚是中國古代就有的魚，據說在黃河河水還很清澈的時代，香魚總是逆著激流而上，遇到障礙物還會躍出水面。而牠們也是中國的皇帝拿來占卜吉凶的憑據。

後來，黃河河水開始變濁，香魚才移居日本、台灣或朝鮮半島的河川中棲息。

雖然不確定這個說法是不是真的，但香魚只棲息在清流之中，而且還會一度游入海裡倒是沒錯。但令人想不透的是，既然香魚會出海再回到河裡，為什麼卻沒聽過有人海釣時釣到香魚呢？

香魚幼魚拿來做天婦羅也很美味，但最棒的吃法還是非鹽烤莫屬。接下來就與各位聊聊「神田」的鹽烤香魚二三事吧。

「神田」用的當然是野生的最高級香魚，但大小也非常重要，最理想的體型是十五公分。再大的話，就算魚頭烤得金黃也會有點過硬，也沒辦法將魚骨處理到入口即化。

另外還有個重點，如果太大，咬下魚頭的第一口，就不能同時品嘗到魚頭和內臟一帶混成的好味道。換句話說，我希望客人吃香魚時能分成三口。首先，對著魚頭和內臟一帶「一口咬下」（喝一口啤酒），接下來往腹部，也就是軀幹飽滿的部分「一口咬下」（再喝一口啤酒）。最後，把剩下那段烤得香酥焦脆的尾巴「塞進嘴裡」，然後立刻心生遺憾：「哎呀呀，就這樣吃掉了……」才是烤香魚正確的吃法!!

稍微離題一下，要烤到可以這樣三口享用，基本上得用炭烤。因為要是用瓦斯爐火來烤，即使能將魚頭和魚鰭完美烤得焦脆，裡頭的背骨也無法像有遠紅外線的炭烤出來的那樣。

還有一點很重要，就是香魚必須活烤。這麼說來實在很殘忍，真抱歉。不過，香魚一死，肌肉就立即變得僵硬，骨頭的關節也會收縮，這樣就算用炭烤也無法將魚骨烤得酥脆到入口即化了。肉質當然也變得不同，活香魚烤起來口味豐盈飽滿，死香魚的味道會變得扁平無奇。魚鰭也是，活魚會很自然立起來，死魚的魚鰭下垂，烤不出酥脆感。有些餐廳會塗上很多鹽，硬是烤到讓魚鰭立起來，但這麼一來魚鰭就鹹到沒辦法吃了。

烤香魚是學習烤魚技術時的一大門檻。先將串籤從嘴巴沿著背骨刺入，調整成像在游水般的彎曲形狀，在整條魚均勻撒上鹽。木炭只排在靠自己這一側的魚頭下方，將靠近自己的魚頭略微朝下，斜拿串籤，讓尾巴稍微遠離炭火。烤了一會兒之後，從香魚口中及鰓一帶會不斷冒出水分。香魚是種含水量意外還滿高的魚。通常會連皮帶鱗一起烤，水分沒有其他的出口，因此要將魚頭稍微朝下，才方便燒烤時滲出的水分往下流出。

烤魚時一開始會先出水，水出完之後接著就是滲出油脂。用炭烤就能看得很清楚，最先冒出的水分滴到炭上，會立刻「唰」地冒出白色水蒸氣，沒多久聲音從「唰」變成「滋」，木炭上則冒起黑煙，這證明水分已經出完，轉而滲出油脂。接下來，要把串籤移回水平，盡量不要讓油脂滴落，用那些油脂將魚頭和腹部烤得香酥。

每次到了鄉間專賣香魚料理的旅館，常會看到香魚或鱒魚被做成串，倒插在爐邊慢慢燒烤。基本上是沒錯，但像那樣將串籤直立起來烤，雖然方便出水，油脂也會滴掉過多。可是回頭想想，被自己身上滲出的油脂烤得焦焦脆脆的香魚，也實在有點可憐。

烤鰹魚不能泡冷水

我在巴黎開餐廳時，發現有鰹魚可用，於是做了半烤鰹魚。當時我的做法是先在鰹魚上撒鹽，用瓦斯爐迅速燒烤，然後立刻泡在冰水裡，拿起來擦乾水分後，冰得涼涼再切片。我在法國很稀鬆平常這麼做，卻讓法國人看得很驚訝——日本人竟然把燒烤過的鰹魚整個浸到冰水裡！

當時我的想法是，溫溫一塊魚沒辦法上桌，但半烤鰹魚又不能吃熱的。「因為必須降溫，所才浸到水裡呀。」我這麼回答後，對方説：「但你看看，你剛才泡魚的這碗水浮出這麼多油脂。這些不都是美味的精華嗎？」

啊，對哦。

若是牛排，不會有人烤過之後拿去洗吧？因為烤出的油脂才好吃。法國人連沾附在平底鍋上的焦化黏膩都不放過，非得加入奶油融開收集起來去做醬汁不可。對於法國人來說，烤焦油脂和蛋白質後產生的是美味，不能直接吃也要拿來做成醬汁。「明知那是大家公認的美味結晶，為什麼還把它洗掉呢？」看在法國人眼中，只覺得不可思議，難怪會對我的行動產生疑問。

我那時心想：「肉是這樣沒錯，但鰹魚的做法不一樣！」唉，畢竟這是從二十二、三歲時就有的既定觀念。但聽對方這麼一說，我覺得也有道理，於是改成燒烤後立刻放進冰箱，不再泡水。結果發現真的變得更好吃，因為烤到焦香之處的鮮味沒有被洗掉。後來我再稍加改良，現在「神田」則是在燒烤之後，趁只有魚皮還熱騰騰的狀態下，立刻端到客人面前。

烤焦的部分才美味——是我從這段鰹魚小故事裡得到的啟發。

用平底鍋做烤鰹魚

秋天是「返鰹」美味的季節。北上之後，在冰冷海水中飽餐美食，累積豐厚油脂的鰹魚，再自北方歸來。

在前面提到生魚片的章節中也提過，取得油脂豐厚的鰹魚時，我會只把魚皮烤得焦脆。也就是皮成了烤魚，肉還是生魚片的狀態，接著將烤過的鰹魚，在單單魚皮是熱呼呼的情況下端上桌。我推薦各位也可用平底鍋來做。

把厚底平底鍋空燒到就快要冒煙，然後將鰹魚帶皮的那一面朝下，放進鍋裡，用手按著煎一下。重點在於要先用菜刀在魚皮上劃幾刀，因為鰹魚的皮比較厚，摸起來像是潛水衣的材質般滑溜，事先劃出刀痕，才能讓魚皮下的油脂容易滲出。和香魚一樣，鰹魚也得靠自己本身的油脂才能煎得好吃，為了讓鰹魚的油脂順利滲出，記得要先用刀在魚皮上劃幾道。做好這點，在家裡也能做出非常好吃的燒烤鰹魚。

焙烙炒胡麻

用自己本身的油脂換來焦香美味——從這個角度來看，胡麻也是同類。

「胡麻要用焙烙來炒！」父親常這樣告訴我。焙烙，是一種陶土容器，類似土鍋，還有類似茶壺的把手。用焙烙來炒胡麻，會滿室生香。

若用中火快炒胡麻，會只把表面炒焦，不好吃。但如果使用厚質的焙烙小火慢炒，胡麻顆粒會變得飽滿。原因是胡麻裡含的水分被緩緩加熱膨脹，在膨脹瞬間，表面會滲出一點點油，油脂附著在胡麻顆粒表面，炒焦後會產生一股無法言喻的胡麻芳香。不過這也必須隨時翻攪，很有耐心地慢慢拌炒才行。胡麻炒熟了，顆粒會在鍋面上跳動，我想那就是所謂「膨脹瞬間」，但當胡麻一膨脹，接著馬上就會焦了，因此要用小火，才能炒到表面微焦。這麼一來，就能讓胡麻持久芳香。

就「不是被炒焦，而是因自己本身的油脂而散發焦香」這點來看，胡麻和烤魚的真的沒兩樣。

魚乾的效用

整體來說，無論是鹽烤或是照燒，烤魚時最大的重點仍舊在於「讓魚的油脂滲出」。魚在燒烤時，一開始會先出水，水分會與纖維組織分離，所以烤過的魚才會比鮮魚來得輕。竹莢魚、青花魚或梭魚都是靠近海面游動的魚，原則上水分含量多，如果能事先抹鹽風乾一下，在燒烤之前去除水分，會比較容易烤得好吃些。

油脂肥美的魚烤起來會滋滋作響又美味，說穿了就是這種魚一烤，會在出水後滲出大量的油脂——而烤魚的美味關鍵就在這些油脂。用魚自己本身的油脂來將其烤得焦香，吃起來最是美味。

同樣的道理，事先在魚上抹鹽，讓表面風乾，刻意做成魚乾再烤，即是為了能更容易達到這樣的效果。

另外，抹鹽當然還有另一個優點，就是能讓魚料保存更久，方便流通。魚體所含的水分是導致容易腐敗的原因，抹鹽風乾之後，就不需用如鮮魚般用冷凍運輸，用冷藏運輸即可。

蒲燒要讓醬汁滲入烤焦部位

蒲燒或是照燒，是平常我們要把魚裹上濃郁醬汁燒烤時的做法。一般會想像先準備一塊魚，烤熟後淋上醬汁，再把裹上的醬汁烤到焦香，就是照燒——這其實大錯特錯。這樣烤只會引出皮下的腥味，加上醬汁黏膩膩，一點都不好吃。

正確的做法是用炭火或平底鍋，先從魚的表面煎起。魚肉表面會從起初的白色慢慢轉為褐色，隨著加熱漸漸出現散發香氣的烤痕。將魚肉兩面都煎到微焦，才淋上醬汁。魚肉內部有水分與油脂保溼，直接塗醬汁也滲不進去，但在煎到表面炭化，水分散失之後，此時醬汁就能迅速滲進魚肉中。

先把食材表面均勻煎到微焦，再讓醬汁滲進其中，才是美味照燒的正確做法。醬汁滲進食材後，會與蛋白質同化，最理想的狀態烤到把滲進食材的醬汁迅速鎖住後就停手，而不是繼續烤到連醬汁都燒焦。

大家常常在食材表面一煎熟，仍是白白沒變色的狀態就淋醬汁下去烤，這種做法只是讓表層勉強裹上醬汁，並不好吃。至於蒲燒，多數人認為食材是裹了醬汁才會變成褐色，但這也是大錯特錯。

蒲燒呈褐色是因烤到表面微焦。之後再淋上醬汁，醬汁充分滲入食材，才能散發如同美味蒲燒鰻的焦香。烤魚不烤醬，才是做好照燒和蒲燒料理的關鍵。

蒲燒沙丁魚

沙丁魚就算是野生的也不難買到，隨時都有，價格又很實在，推薦各位在家中一定要試試這道蒲燒沙丁魚。

將沙丁魚去頭、去內臟，清洗乾淨，剖開後取出中骨。撒點麵粉，放進加油熱好的平底鍋裡煎。待沙丁魚開始出油，用廚房紙巾一面把油脂吸掉，一面慢慢煎到表面呈褐色微焦。等到兩面都煎焦了，再淋上醬汁，讓醬汁滲進沙丁魚入味，關火即完成。醬汁是從魚肉充分炭化乾燥的表面滲進裡頭入味，不能僅是沾在表層，要讓醬汁確實滲進食材。醬汁確實與食材融合，就會閃耀令人垂涎的光澤。

至於醬汁的做法，則是先將酒、味醂各二七〇cc混合，煮沸讓酒精揮發。再加入濃口醬油二〇〇cc、壺底醬油二〇〇cc、上白糖一八〇公克混合即可。

這款醬汁只要事先做好，就能用同樣要領做照燒青魽、蒲燒鰻魚了。

日本獨特的炭火燒烤

魚在秋冬之際多半帶有豐厚的油脂。許多魚都很適合用炭烤方式料理，比如青花魚、馬頭魚、青魽等都富含油脂，可以烤出美味的焦香口感。日本料理的炭烤，或稱為炭火燒烤，是一種不使用油的煎烤方式。一般使用平底鍋煎烤時，總會加點橄欖油、奶油來煎到金黃色，但炭火卻是以魚肉本身的油脂來將其烤得焦香。

因此，基本上不帶油脂的魚便不適合做炭火燒烤。要能充分滲出油脂，才能烤得焦香美味。

在日本，一般公認燒烤時用炭火是最棒的。無論是魚類、肉類、蔬菜，用炭火來燒烤就真的會變得非常美味。不過，為什麼在法國沒人這樣做呢？

難道是法國人不曉得用炭火？不不不，有著遼闊森林的歐洲地區，自古以來就存在根深蒂固的炭火文化，但在他們的餐廳裡，只能見到烤箱或平底鍋等用具，還有以「明火烤爐」（註1）為主流，就連高級餐廳也不用炭火燒烤。

地中海以及布列塔尼地區的魚多半皮下脂肪較少，因此用奶油來烤會比較好吃。至於肉類，也不像日本的肉那般滿布油花，還是用平底鍋比較容易煎得香脆。蔬菜或許因為雨水較少的關係，內含的水分也少，比起被炭火烤到乾，淋上奶油或橄欖油來烤得多汁，才會美味。

不管是炭火還是加奶油，都是因應當地氣候和環境，順著自然法則發展出來的烹調手法呢。

（註1）英文作「Salamander」，又稱「明火烤箱」。是一種利用輻射法導熱，可從上下左右燒烤食材的烤箱。特別適合烤出焦香、烤痕，常用在焗烤飯、奶油烤菜等，將烹調好的菜餚灑上起司或麵包粉，再烤出顏色的焗烤料理。

日本的比目魚與法國的鰨魚

在巴黎的那段期間，我到處探訪美食，當時喜歡一家在布列塔尼地區賣魚類料理的餐廳，經常去吃飯。那是一家以提供各式各樣牡蠣而聞名的店，據說前總統密特朗曾在那裡吃了一百顆牡蠣，但提到餐廳裡的名菜，其實是「麥年煎鰨魚」。

「鰨魚」是比目魚的一種，和日本的舌鰨魚（舌平目 SHITAHIRAME）很像（註2），不過厚度卻完全不同，歐洲的鰨魚厚達好幾公分。那時我才第一次見識到什麼是正宗麥年煎鰨魚。把焦化奶油分好幾次往一大塊魚肉澆淋，慢慢煎到鰨魚的外皮被奶油炸得酥脆，裡頭的白身魚肉仍舊多汁。外層焦香酥脆，裡頭厚實鮮美，真是好吃得令人目眩神迷。

若用相同的做法處理日本的舌鰨魚，當外層煎得酥酥焦焦時，裡頭應該已經乾乾的，就像炸鰈魚似的。拿去沾椪醋的話也還算好吃，卻吃不出魚肉的美味。日本和法國的食材，即使外觀相同，實質卻完全不一樣，用相同的烹調方式也無法得到同樣的美味。

我問了廚師才知道，這道麥年煎鰨魚果然非得用布列塔尼地區產的鰨魚才行。再往南走或到地中海地區，海底都是黑色的砂，唯獨布列塔尼的海底遍布白色小石子，只有幼小的蝦蟹能棲息。而以這些小蝦蟹為主食的鰨魚，自然會帶有蝦蟹般的甘甜。然而在黑色砂地的鰨魚吃的則是沙蠶、多足類。這下哪邊的會比較美味呢？當然是吃蝦蟹長大的嘍。

這就和日本明石的鯛魚一樣，在良好的環境下，就能孕育出美味的魚。所謂「產地」並不是毫無理由就能捕到好魚，是由很多條件相輔相成——像是海底的狀況、海流的速度、山水乃至其他自然條件的調和——我想這些都有影響的。

（註2）「比目魚」是鰈形目魚類的統稱，鰨魚和舌鰨魚都屬於鰈形目之下。

用這個觀點看日本，整片國土擁有許多壯觀起伏的港灣和海流，如此地形簡直是渾然天成的海產王國。日本各地之所以有著各形各色，能讓我們引以為傲的魚貝海鮮，也是拜這樣的自然環境之賜，得以讓魚類好好生長。

除了鰯魚，國外也有很多類似的當地名產或著名料理。這讓我更深信，每塊土地都有對應當地環境的美味魚類，也有著能將那些魚的美味更昇華的烹調方式。

燒烤？清蒸？還是酥炸？

決定烹調方式時，不可將有鱗片的魚和無鱗片的魚視為同一，應該針對個別特性來考量。有鱗片的魚以鱗片抵禦外敵，像穿了甲冑，魚皮都很薄。反之若沒有鱗片，外皮都比較厚。活動範圍靠近海面處的魚種外皮也都薄，但多半在皮下就有油脂，所以烤起來都特別好吃。至於石斑魚、赤點石斑魚這類魚，雖是鱗片密集，全身富含油脂，但這些脂肪並不集中存在於皮下，所以用紅燒或清蒸就比較美味。基本上會循這樣的原則來判斷。

說來，雖然「神田」會隨著季節使用許多不同食材做菜招待客人，不過的確很少提供天婦羅。

首先，油炸料理容易帶來飽足感，另一方面，也有不少客人會告知不想吃油炸食物。況且天婦羅這種日本料理，要是不能像知名天婦羅餐廳那樣，在客人面前現點現炸是不行的。像我們這種要出一次就得出好幾人份綜合天婦羅的供餐方式，勢必沒辦法一炸好就上桌。我不太喜歡那樣，因此不在店裡提供天婦羅。

天婦羅的絕妙滋味

話雖如此，當然我本人並不討厭天婦羅，而且單純就一道料理來看，是我非常喜歡的做法，尤其炸小明蝦、沙梭魚、南瓜更是我的最愛。

我認為天婦羅這種烹調方式，是用來調理不帶油脂的魚貝類、鮮蝦、花枝及蔬菜，以麵衣裹住食材的鮮甜，使其吃起來更美味的料理，實際上是種難度非常高的料理烹調方式，因為配合不同的食材，油炸步驟、時間、麵衣的硬度都必須做調整。

蝦、花枝、沙梭魚這類魚貝類這些容易「出水太多變得硬邦邦」的食材，要先撒點麵粉，封住水分出處再裹上麵衣，進油鍋之後只要看麵衣熟了，就可以撈起來。

南瓜、地瓜這類則是「希望去除水分，讓質地變得鬆軟」的食材，不用事先沾麵粉，直接裹上薄薄的麵衣炸到透就好。

困難的是星鰻。星鰻這種魚，水分多，又有油脂，而且皮下還有腥味，但希望能炸到外皮脆、魚肉嫩、麵衣酥，所以我在料理星鰻時只會往魚肉撒麵粉，魚皮那面不太裹麵衣，然後下鍋慢慢油炸。炸了一會兒之後，星鰻水分散失、泡泡變小，天婦羅的食材失去水分之後變輕，就會浮上油面，這時再將魚肉那面朝上，繼續慢慢炸魚皮那一面。

用這種方式炸好的天婦羅，由於確實去除了水分，麵衣香脆，直接拌上熱騰騰的醬汁做成天丼是再好吃不過了。而這又與照燒的道理相通呢。

第六章　燉煮料理

清淡的燉煮料理

用一句話說是燉煮料理，其實還可分成好幾種有著各自方法論的類型。要粗略地區分，大致可分為清淡的和重口味的兩種吧。

首先，是讓調味料滲透，使得湯汁和食材滋味渾然一體的燉煮料理，像筑前煮或關東煮，運用淡口味的高湯，花時間燉煮讓食材入味。這種做法需要事先去除食材的雜味與個性，例如汆燙後再燉煮，或是用高湯開小火炊煮並一點一點加入調味料。煮好這類燉煮料理後不要立刻吃，先放涼一下，還能使其充分入味，更加美味。

提到最受歡迎的清淡燉煮料理，當然首推關東煮。原本要沾著味噌吃的「田樂」簡略化之後成了關東煮，但關西式的吃法還是非常注重湯頭。蘿蔔要確實汆燙去除澀味，牛蒡甜不辣、竹輪這類魚漿製品也要先燙過去油——這樣才能確保清澄透明的鮮美湯底，享受去油之後始能品嘗的清淡美味。

此外，或許會讓很多人大感意外，但做關東煮時最棒的湯底，莫過於用小鯷魚乾做的小魚乾高湯（註1）。而且還要加酒。請試著以十比三的比例，在小魚乾高湯中加些日本酒來做關東煮，調味只要極少量的味醂和薄口醬油，覺得不夠味的話也可加點濃口醬油，但想大口喝湯的人就不需要了。請各位務必試試看。

如何準備適合燉煮料理的小魚乾高湯

這裡介紹一下取小魚乾高湯時的幾個重點。

先去除小魚乾黑色的內臟，但頭不用勉強去除也無妨。泡水一晚之後，

（註1）此處的「小魚乾」日文作「いりこ」，發音為「IRIKO」。和「煮干し」（發音為「NIBOSHI」）同樣是指小魚乾，不過相對於「煮干し」泛指所有小魚乾，關西人較常用「いりこ」這個字，也傾向專指用小鯷魚（別名青帶小公魚、苦蚵仔）做的小魚乾。

不要加熱煮沸，直接用廚房紙巾和篩子過濾。泡水時可以加入昆布，重點是「不要加熱煮沸」。小魚乾與昆布的鮮味都用冷水就能溶出來，不需要加熱，加熱煮了反倒會有腥味。柴魚要在高溫下才能釋出鮮味，小魚乾則是冷泡才最是美味。

近來也愈來愈常在坊間看到「冷泡」的麥茶茶包，中國和台灣的也有不少是用「冷泡」更好喝的高級茶。建議各位不妨拋開成見，嘗試看看。冷泡過濾後再加熱，確實去除雜質浮泡的小鯷魚乾高湯，和上好的柴魚高湯相比也毫不遜色。

重口味的燉煮料理

紅燒金目鯛、燒芋薯等這類的燉煮料理，則是要品嘗其吸收濃郁醬汁的外側，和保持原味淡雅之處呈現的對比，重點是汆燙後的燉煮要速戰速決。

尤其紅燒金目鯛，基本上就是要用大火快煮，加入分量足以蓋過食材的酒或是酒調水，之後迅速加熱，一沸騰便陸續加入調味料，也可以從一開始就用預先調好的醬汁，這樣就能燒出肉質軟嫩的紅燒魚，又不會有腥味。紅燒鯛魚、紅燒青魽，還有紅燒平鮋也可比照辦理。

其實最好的做法是「只加酒不加水」就拿去煮，因為酒本身就帶有強烈的鮮味，加上沸點比較低，能促成極為理想的加熱溫度——在攝氏七、八十度之下，魚可以燒得入味，膠原蛋白也仍軟嫩，肉又不會煮得過老。但若要這麼做，必須等酒精蒸發後再加調味料，否則會留下令人不舒服的苦味。

feu expansion和feu a l'interieur

年輕時的我為了賺外快，曾幫忙翻譯過法國料理教科書，從書裡學到了這一組詞彙，直譯是「外現的火候」和「向內的火候」。

將液體與食材放進鍋子加熱時，鍋內的液體溫度會先上升，接著泡在液體中的食材溫度才跟著升高。這是「外現的火候」——食材的精華會因為溫度差，從由內往外溶進液體中。

反之，調整成小火或是關火之後，液體溫度會先下降，接著食材溫度才會往下降。這則是「向內的火候」——同樣是因為溫度差的影響，液體所含的精華，會反被食材吸收。

姑且不論我的翻譯是否百分之百正確，但是以科學角度，對我們憑感覺認定的「咖哩到了第二天更好吃」現象做出分析的這組詞彙，成了我往後做燉煮料理時的可靠指南——在關了火之後，烹調依舊持續。

「さしすせそ」SASHISUSESO

さしすせそ——是日本人拿來記住「做菜時的基本五種調味料與加入的順序」使用的雙關語（註2），做燉煮料理時也是同樣順序，重點在於「容易滲透的先加」。砂糖、味醂因為不含鹽分，一下子就能與湯汁融合。如此就決定了甜味的基礎（如果食材有自然甜味就不需要了），接著為了突顯出這股甜味，再加入鹽或醬油，有時候會加味噌。

我們的舌頭會感知到「好吃」，來自對食材所含的甜味或鮮味投入的相應鹽分，無論天然或人工，若沒有甜味，就無法架構出整體味道的基礎，故調味的第一步即為調整甜味，要是求味道圓潤，更是唯有依照這個順序來調味。先加醬油，就算之後再加砂糖或味醂，還是只能得到醬油死鹹又酸苦的味道。因為湯汁先和鹽份融合的話，就成了鹽水，被鹽搶占位置，後到的砂糖和味醂也不容易融入湯汁了。

（註2）「さ」是砂糖（SATOU）、「し」是鹽（SHIO）、「す」是醋（SU）、「せ」是正油（SEIYU）＝醬油、「そ」是味噌（MISO）。

圓鍋

炊煮小芋頭、牛頰肉，或是燉蘿蔔——想要「燉煮得軟爛」時，少不了一只圓土鍋。過去的釜鍋鍋底都是圓的，在第三章也提過，理想的對流就看鍋子的形狀，還有湯汁水位的高度也有關。無論鍋子是什麼形狀，只要湯汁的水位高度能夠接近鍋子口徑寬度，就能煮來美味。而且兩者差距愈小，就愈能將食材燉煮得軟爛好吃。

用大飯鍋煮少量的米，煮出來通常都不會太好吃，要一次煮多一點才行，相信大家煮飯時都有過這種經驗。原因在於如果從鍋子側邊來看，若是底部只有少量的米和水，對流活動的空間只有一小塊長方形，但如果水位高度逼近飯鍋口徑寬度，剖面就會接近正方形，有充分的空間使對流運作順暢，煮出來的飯才會更好吃。

過去的釜鍋底部都是圓的，即使少量食材也能引起良好對流，煮出好吃的米飯。但現在的鍋子都是平底，鍋裡的食材要是量少，剖面就成了扁平的長方形，對流很難順暢。

另外還有一個原因，就是當蓋著鍋蓋時，留在鍋子裡的空氣會產生氣壓，這也有利於燉煮的成果。過去的釜鍋都有又大又重的鍋蓋，甚至上方還壓了重重的鐵片，可說是現代壓力鍋的原型呢。對日本人而言，燉煮料理的原點即是炊煮米飯，無論今昔，總能從中學到許多。

法國料理常用「Le Creuset」這個品牌的鍋子，材質是鑄鐵，並在內層鍍上琺瑯，非常適合用來燉煮。這種鍋子的特色便是鍋蓋夠重，能夠對鍋內略施壓力，並且具有容易引起對流的良好熱傳導性。

燉蘿蔔與炙烤油菜花

為燉蘿蔔佐上黑胡麻田樂味噌，再放上用菜籽油炙烤的油菜花——深褐色的田樂味噌代表著土壤，下方是蘿蔔，上面有油菜花，我想用這道菜象徵春天萌芽的意象。

燉蘿蔔要用洗米水來燙蘿蔔。大家知道嗎？而且洗米水會變成灰色呢。蘿蔔裡含有很多雜質，用水一燙，就會將雜質釋放到水中。只用水，釋出的雜質顏色又會被蘿蔔吸收回去，因此要用洗米水來煮，沒有洗米水，就在燙時加點米，同樣能吸收蘿蔔釋出的雜質。用洗米水燙出的蘿蔔會變得透明，而洗米水則呈現灰色。

當蘿蔔變得透明鬆軟，專業做法是將其輕輕移到高湯裡。在我們店裡會繼續用慢火加熱，但不再調味。

在餐廳裡會像這樣再多做一道工夫，在家裡的話，只要把蘿蔔煮到晶瑩白透，光沾味噌就非常好吃。

我們店裡搭配燉蘿蔔用的田樂味噌，是在紅味噌裡加入蛋黃與和三盆糖調製而成。和三盆這種砂糖，是德島、香川的名產。以一對十的比例再加點黑胡麻醬提味，加入黑胡麻醬可以更提升味噌的濃醇風味。

最後擺上象徵春天氣息的油菜花。我們店裡還會在油菜花表面塗點菜籽油，用炭火烤得焦香酥脆後放在味噌上。

和胡麻味噌的風味相輔相成，芳香十足的燉蘿蔔，是本店每年正月必定準備的經典菜色。

用日本蔬菜才能做出的美味燉菜

我在巴黎掌管餐廳時，有個問題始終無法解決——不管如何都做不出好吃的燉蔬菜。當地有茄子、有薯芋，紅蘿蔔和蘿蔔也不缺，但燉煮起來就是不好吃。

法國的茄子皮很硬，炊煮後也沒味道。我曾試著切開，仔細觀察剖面，發現整條都乾癟癟的。相對於日本的茄子切開後輕輕一按就會冒出汁液，法國的茄子卻是啥都沒有，所以怎麼烤都只會皺縮，不會散發鮮甜滋味。

這讓我了解到氣候和土壤的不同，對製作料理有多大的影響。日本多雨加上水質軟，蔬菜往往柔嫩多汁，外皮也薄；在雨水少的法國，蔬菜的外皮會變厚，以避免水分散失。

在法國，茄子會拿來做成普羅旺斯燴菜，先用油慢燉之後，再以美味的番茄醬汁燴製，這種調理方式説穿了，是在茄子表面裹上一層油，確保水分不流失之後，再拌入番茄醬汁增味。

我從這道菜獲得靈感，之後進行了各種試誤，比如在下鍋炊煮之前，將紅蘿蔔先乾炸、馬鈴薯先用鴨油炒過之類，結果味道都還不錯，但卻也讓我重新認識到，日本產的蔬菜還是最適合做成日式燉煮料理。

日本料理的「理」指的是「道理」——雖說明白很多事皆是理所當然，但仍忍不住追求「理外之理」也是廚師的天性。我想，再也沒有比燉煮料理更能讓我了解到，日本料理的「理」有麼多重要。

第七章　肉類料理

配合客人的需求

「神田」每天都會準備兩到三種肉類料理。

雖然我們是日本料理店，為了服務想喝紅酒的客人，或是來自國外，以肉類為主食的客人，再加上偶爾也有些年長的日本客人會問：「有肉嗎？」所以本店隨時備有肉類料理。

若吃牛肉，春天會準備配著嫩牛蒡一起吃的花椒涮涮鍋，秋天則是松茸壽喜燒。要吃豬肉，則推高湯中加入蕪菁泥的雪見鍋。秋天會提供鴨肉鍋，冬天還會用上鹿肉——這些菜色都很適合搭配勃艮第的紅酒。不過也有客人喜歡口感紮實的波爾多，或是愛吃燉煮的牛肉料理，為了這些客人，我們也隨時備有慢燉的牛尾或牛頰。要是客人點了酒單上的酒，餐廳卻端不出適合搭配的料理，就失去了製作酒單的意義。

松茸＆牛肉壽喜燒

先來介紹一道極盡奢華的壽喜燒。

材料只有牛肉與松茸。牛肉用黑毛和牛比較理想，松茸非日本國產的也無妨，墨西哥產或加拿大產的也合用。松茸的量要是少到和醬汁不成比例，松茸便無法發揮效果，所以要加多一點。用擰乾的布將松茸表面的黏膩、溼氣、髒污擦乾淨，在乾燥處靜置半天左右去除表面的溼氣，當松茸散發出揮發性的香氣時，就表示準備好了。松茸放得夠多，松茸的酸會滲入壽喜燒的醬汁裡，能讓肉吃起來格外鮮美。要注意若是再加入洋蔥之類其他材料，就會蓋過松茸那股非常細緻的酸味，所以絕對不要放牛肉和松茸以外的食材。松茸吸收了牛肉的油脂後，也會變得非常美味。加成效果，莫過於此。

另外，吃壽喜燒時沾的蛋汁也是關鍵。全蛋打到類似蛋白霜起泡的狀態拿來沾肉吃，吃起來最棒了。這是「神田」獨創的吃法。是不是有些另類呢？我非常推薦這麼做，建議大家試試看。只要多花一道小工夫，料理的風味就完全不同。重點是使用全蛋，用打蛋器打到起泡，輕輕沾著肉吃。

這是從千利休居士身上獲得的靈感。利休專精的是抹茶。他應該是在四百多年前，發現在苦澀抹茶中混入空氣一起飲用，更能感受抹茶甘甜的道理，進而改良出茶筅這般洗鍊的茶道用具。我認為他真是一位創意人、發明家、思想家，同時也是藝術家。利休大師實在偉大。

至於醬汁，則用的是酒、味醂、濃口醬油比例一：四：一．五來調製。酒混合味醂之後煮沸，讓酒精揮發，再加入濃口醬油統整味道。

不加松茸的一般壽喜燒，在我們店裡則會放進番茄。加了番茄，即使是很普通的醬汁，也能因為番茄的酸味與水分帶來的影響，變成很適合搭紅酒的壽喜燒。

牛肉該怎麼挑

做壽喜燒和涮涮鍋時，我都選用黑毛和牛。由於肉質會因為產地、生產農家而有各種差異，非常難一概而論，但我喜歡挑紅肉與白色脂肪顏色清楚對比的肉，避開霜降脂肪過多或紋理呈現線型而非點狀的肉。

牛肉在日本，有容易累積脂肪、油花分布較多的黑毛和種，還有過去被稱為「赤べこ（AKABEKO）」（註1），毛色紅褐，身上多為紅肉的日本短角種，前者大多飼養在關西以南地區，後者則多產在關東以北。

過去日本人很嚮往吃霜降牛肉鐵板燒。鐵板燒師傅會將一大塊滿布油花的牛排展示給客人看，再放上鐵板煎，可是最後都會做成骰子牛排。因為若

（註1）「べこ」是日本東北地方的方言，意思是「牛」，而「赤べこ」則是「紅牛」之意。過去是指多生息於東北的日本短角種，但現在已經很少這麼稱呼，提到「赤べこ」，多是指福島縣會津地方的鄉土玩具「紅色搖頭牛」。

不把肉切小塊，一面煎一面去油脂，味道會變得非常膩。不過黑毛和種的里肌肉用來做壽喜燒或涮涮鍋就非常美味——或許這也是當然，壽喜燒、涮涮鍋都是日本文化，黑毛和種原本就是為配合這些料理方式改良品種的吧。

會在廚房煎好才端出來的，多半是脂肪少的黑毛和種或東北的短角種。雖然大家都說現在是「飽食的時代」，但人們對肉的追求並非只是獲取脂肪或熱量，而是補充優質蛋白質。簡單來說，肉類的紅色瘦肉是蛋白質，白色油花就是脂肪。為了健康，最好能多攝取美味的瘦肉。短角種的里肌肉不但脂肪少，品質高的還帶有類似優質鮪魚的酸味及鮮味，我認為是極為符合時代需要的肉類。至於黑毛和種的腰內肉，做成牛排乃是絕佳極品，滋味鮮甜又多汁，大概是全世界甘美的肉類藝術品。

要在家裡煎出這樣的牛排，需留意的只有一點。就是要在煎肉前一小時把肉從冰箱拿出來，回溫至常溫後，再多花點時間煎。慢慢加熱，肉才能封住肉汁，煎出多汁又有彈性的肉排。羅馬不是一天造成，多煎個幾次就能熟能生巧，只是好肉通常都貴，沒辦法經常買，真是討人厭。

在牛排上烙出可口的烤痕

瘦肉用平底鍋煎也不易煎出烤痕。原理和前面提到的烤魚油脂一樣，是因為出自食材的脂肪太少，這時就要用「Fett」。「Fett」是德文，意思是「牛脂」。買脂肪少的牛腿肉排時，通常一定會附一塊牛脂。牛脂是動物性油脂，和橄欖油這類植物性油脂必須超過兩百度高溫才會煎得出烤痕的植物性油脂不同，動物性油脂只要超過一百度，即可製造烤痕了。因此若想在脂肪少的美味瘦肉上烙出烤痕，就要用牛脂，或是把處理牛五花時多出的油脂保存在冰箱中，用牛脂牛油來煎牛肉，可使香氣更濃郁，還能烙出美味的烤痕。手邊沒有牛脂，用奶油也可以，只是真的不必特地拿奶油來用，有牛脂的話用牛脂就行了。

煎豬排要用肩里肌

我最喜歡的豬肉部位是肩里肌。很多人都喜歡肉質軟嫩的里肌肉，但里肌肉的肉和脂肪分得比較開，肉和脂肪的受熱速度不同，煎起來只有粉紅色的肉會變硬。至於肩里肌，位於肩部肌肉與里肌脂肪交錯處，油花分布非常均勻。肉一受熱會猛然收縮，可是中間有脂肪做緩衝，能緩和衝擊。無論是做炸豬排或煎豬排，我都推薦用肩里肌，成果必定勝於里肌肉。

平常在家裡想煎里肌肉，可以先撒點高筋麵粉。表面裹上高筋麵粉，可使肉汁不容易滲出，受熱收縮也依舊軟嫩。

熱帶地區的美味豬肉

年輕時曾聽人説過夏天的豬肉最好吃。冬天，豬隻為了禦寒，體內累積較多脂肪，夏天氣溫高，脂肪較少，三層肉（豬五花）的油花比例較均衡。

同樣的道理，愈往熱帶地區的豬隻身上脂肪也愈少，因為天氣熱，不需貯備皮下脂肪，豬肉也有較多粉紅色與紅色瘦肉。

過去英國約克郡、伯克郡這些較寒冷的地區也生產豬肉（註2），但那是因為當時的人都很窮，必須積極攝取脂肪這類養分，現代生活形態不同，大家已經不太想吃豬肉油多的部位了。熱帶地區生產豬肉，脂肪比例低，比較受到歡迎，人們也覺得較美味。因此九州、沖繩地區的品牌豬肉也多，比方九州的薩摩黑豬、沖繩的阿古豬，這些氣候溫暖的地區生產的豬都很有名。

油花的好滋味

小時候我很喜歡吃肥肉。老家開的魚舖「神田」對面有家叫做「一福」

（註2）指的是約克郡產的約克夏豬（Yorkshire pig）、伯克郡產的巴克夏豬（Berkshire pig）。其中約克夏豬又稱「大白豬（Large White pig）」，兩者都是傳統而脂肪比例較高的豬種。

的拉麵店，我很喜歡那家店的拉麵裡那塊香甜叉燒肉。可是因為我姊姊很討厭肥肉，我順著她說：「我也討厭吃肥肉。」話說出口，就不好意思再點來吃，不知不覺竟然真的覺得肥肉難入口了。

不過，我最近找到了非常好吃的肥肉。

岩手縣花卷市的白金豬——我想一定是用很好的飼料養育的豬吧，肥肉真是好吃得不得了。買這種肥肉美味的豬肉時，挑五花肉比較划得來，優質的脂肪容易消化，建議搭配青蔥等大量蔬菜，做成涮涮鍋大快朵頤。這也是我們店裡常見的員工餐菜色。

享受土雞的嚼勁和風味

提到土雞，大家應該會自然聯想到秋田比內地雞、鹿兒島薩摩雞、愛知名古屋交趾雞這些著名品牌雞吧——這也是眾所周知的日本三大土雞。

曾有段時間春雞很受歡迎。春雞是公雞，因為養太久會導致肉質變老，所以趁還是肉質尚嫩的幼雞時就宰殺。由於這種雞肉很適合用來做炸雞，在昭和到平成年間銷路甚好。

更早之前則有一段時間的主流是肉雞（白肉雞）。當時正是經濟高度成長期，順應追求成長的社會風氣，能夠持續穩定提供大量蛋白質的肉雞大受歡迎。經過品種改良的雞隻，成長得快，肉也長得多，出生大概八週後就能出貨。肉雞在快速成長下，味道比較淡，肉質也因為雞隻的運動量少而相對柔軟，搭配重口味的醬汁很不錯，本身的鮮味雖淡，肉質纖維卻十分軟嫩，我小時候也很喜歡。不過，目前「肉雞」似乎成了廉價雞肉的代名詞呢。

而現在則是講究本質的時代。土雞倘佯寬敞空間悠閒長大，運動量大、具有健康肌肉，料理後嚼起來散發甘甜。不用靠醬汁調味，就能品嘗到雞肉原有鮮味的土雞肉，符合現代人的口味，更受到大眾喜愛。

然而過度加熱土雞，會使其肉質變老，新鮮的土雞肉可以烤到半熟沾山葵醬油吃，或是以壽喜燒的吃法，短時間迅速加熱來吃也很可口。用臼齒細細品味有嚼勁的肉，對健康也很重要。

雞鴨要煎到脆皮逼出油

平常市面上買得到的肉類哪些會帶皮呢？

只有雞肉和鴨肉吧。

在日本，我們很難看到帶皮豬肉和帶皮牛肉擺在店裡賣。舉凡牛、豬、羊都是最外層有層外皮，接著皮下脂肪，再來是肉，人也一樣。可是，雞和鴨為了在空中飛，在進化的過程裡盡可能讓身體輕量化的結果，外皮和皮下脂肪便合而為一了。皮就是牠們的脂肪。

無論燉煮或燒烤，使用雞肉或鴨肉時，第一步驟一定先煎皮。把整塊肉帶皮的那一面直接按上鐵氟龍塗層的平底鍋，上面放重物壓著雞肉貼平鍋底，將皮煎得滋滋作響。這麼做是為了逼出外皮之中所帶的皮下脂肪。如此便能得到酥酥脆脆的可口外皮。接著才進行燉煮或燒烤等調理步驟，鴨肉亦同。每當我們店裡進了雞肉或鴨肉，首要之務就是煎皮。煎了皮，逼出脂肪，只保留鮮味與酥脆口感，做好備料。之後切塊，由我來料理。

雞腿肉可以直接下鍋無妨，但鴨肉要先用菜刀在外皮輕輕劃幾刀。確實做好這個步驟，即便是討厭吃皮的人，也能毫無抗拒地開心品嘗。一般討厭吃皮的人，都是不喜歡那種軟軟的口感，皮煎得夠酥脆就沒問題了。

前面提到，在煎皮時要放重物壓著雞鴨肉。我通常會用裝了冰塊的鍋子做為重量，使雞鴨皮確實貼平燒燙燙的平底鍋，同時用冰塊降溫，冷卻另一面的肉，防止肉和皮一起受熱。要是煎過久，縱使這麼做肉還是會熟，所以將火開得大一點，迅速將油脂逼出來。之後處理雞肉時只要加熱就行，但鴨的話就希望外皮焦脆，裡頭的肉仍保持粉紅色，稍微困難一點。

如果不先煎外皮就直接烹調，外皮所含的脂肪會融進肉裡，使得調味就必須下得更重。人嘗到油脂就不容易分辨出味道，而同樣的道理，油脂少的時候，調味也可清淡些。

煎出來的油脂，我一定會留下來用在其他料理中。例如炒青菜、炒青江菜，或是煮馬鈴薯之前拌炒用，都能使料理別具風味，更添美味。

至於肉，可以把鴨肉烤得內生外熟，或是做成「治部煮（JIBUNI）」（註3），也可以簡單用炭火燒烤，或是烤一烤之後加進烏龍麵做鴨南蠻烏龍麵也不錯。我們店裡會配合客人點的飲品，端出各種做法不同的鴨肉料理。

但不管做什麼，只要多花一點工夫，味道真的就大不相同。

肉的部位及軟嫩程度

隨著部位不同，有的肉燒烤好吃，有的肉適合燉煮。

比方說，試想一頭牛每天站著，雙腿外側肌肉、大腿外側都得花很大力氣，才能支撐沉重體重好好站穩，自然肉質相當結實，拿來烤會太硬，因此該用於燉煮。要烤起來好吃，就該用不需要支撐體重的部位，也就是背部。和人類的背部肌肉相似，雖然不支撐體重，卻隨時意識著其存在，這部位也是所謂的「沙朗」牛排肉。來到肩里肌，肉質會稍微硬一些，畢竟肩膀活動得多，肌肉也結實。還有大腿內側，和外側不同，由於不需支撐體重，肉質軟嫩，烤起來美味，常用來做烤牛肉。

（註3）石川縣金澤市的鄉土料理，將鴨肉（或雞肉）裹上麵粉，和用醬油、砂糖、味醂、酒等材料混合的高湯加蔬菜一起煮。味道甜甜鹹鹹，鴨肉因外層麵粉包覆而軟嫩多汁，麵粉融進湯汁也帶來勾芡的效果。

另外，牛排裡的「菲力」——也就是俗稱的「腰內肉」又是哪個部位呢？請先想像人體的肋骨，肋骨內側有內臟，腰內肉就是延伸至肋骨裡頭的兩條肌肉，連結著內臟，是一輩子都不會意識到的不隨意肌，就算烤到熟透也仍然軟嫩可口。

至於富含膠原蛋白及纖維質的肉，則分布在牛隻的臉頰與關節。相對於一般肌肉組織只能以固定方向往縱向收縮，臉頰肌肉卻呈斜紋，並含有豐富膠原蛋白。這類肌肉多分布在臉部、腳趾等可以自由活動的部位，所以燉煮起來牛頰肉、腱子肉都會變得軟爛，油脂也很多。因此想品嘗油脂鮮美的燉牛肉，就挑腱子肉來煮；想要吃膠原蛋白滑嫩口感的燉牛肉，選牛頰肉就沒錯。我們店裡會視情況運用這兩種不同的燉牛肉。

肉的熟成

長久以來，日本人習於生食海鮮，總認為新鮮的就是最棒的。雖然也有某些宰殺後靜置八到十小時才夠味的大型魚種，但是比起魚被捉上岸，送到廚師手邊早已過了好幾天的法國，這已經算短時間了。而生鮮牡丹蝦、花枝這類海鮮，則很顯然愈新鮮愈好吃。

不過，談到肉就有個「aging」，也就是熟成後更好吃的概念。

所謂「熟成」，要具有足夠強度的肌肉組織才起得了作用。換句話說，經過熟成處理，能夠使構成肌肉的蛋白質分解、造成游離胺基酸增加，進而形成鮮味。「鮮味」就是游離胺基酸，透過加熱也能增添鮮味，但若能夠在不致使腐壞的條件下促進肉類熟成增加游離胺基酸，吃起來會更加可口。

肉類熟成時間和動物體型有關，體重愈重，所需熟成天數也愈多。假定體型最大的是牛，其下則依序有仔牛、山豬、豬、野兔、雞鴨等，牛在處理後要經過三星期熟成才好吃，體型小的動物有些只要放半天就變得美味。

之所以會有這樣的差異，是因為支撐一噸體重的肌肉強度，和支撐五百公克體重的肌肉強度終究不同。此外還受到另一項要素影響，就是其中是否帶血。比如雞肉是帶血較少的白肉，但鴨就帶血較多，肉色呈現紅色，運動量也大，肌肉結實，熟成時就需要比雞肉花上更長的時間。

不過在日本，通常肉品專賣店會先做好熟成處理，肉品出貨時都已經是最適當的狀態，不太需要廚師自己處理。畢竟肉類熟成需要溫度、溼度等多項條件配合，日本溼度高，很難在自家餐廳裡做熟成處理。

基本上肉類熟成時，需要保持某個溫度，並將肉類吊起來，不去觸碰。肉品工廠裡都吊著一塊塊的肉吧。若將肉類平放，接觸面受到壓迫，就會從被壓迫處開始腐壞。食物之所以腐敗，全是因為空氣中的細菌引起，東西放在外太空就不會腐敗。要將原本「細菌導致食物腐敗」的現象轉變為「發酵熟成」，就必須在溫度、溼度以及各項環境條件做足良好管理。

肉品專賣店裡有大型冰箱，溫度常保於攝氏負〇．一度，大塊大塊的肉吊在裡頭，促進水分散失，使其不致腐敗，順利熟成。肉切大塊的好處是能減少與空氣接觸的面積，切得愈小塊，與空氣接觸的面積就愈大。

和牛、紅肉、肥肝——運用食材油脂的料理技巧

話題再回到牛肉，介紹一下讓我深感法國料理技巧精湛的牛排。

一般來說，煎牛排時多用奶油做醬汁基底。西方的肉類多半脂肪含量較少，煎的時候常會先在平底鍋裡塗上牛脂或奶油。煎完肉，也會用奶油刮下沾在平底鍋裡的焦漬。用奶油（油脂）溶解焦漬（鮮味）再淋回肉上，藉此補足脂肪少的肉類缺點，增添美味。

使用鴨肝（foie gras de canard）來製作的極品牛肉料理「羅西尼牛排」（Rossini Steak），是一道將肥肝（foie gras）做為奶油使用的料理。把牛排

切片，在肉中間夾著鴨肝一起吃。我在日本首次吃到的羅西尼牛排，是用日本的牛肉配上鴨肝，脂肪加脂肪油到連當時還年輕的我都吃不完，但在法國再度遇上的羅西尼，相對精瘦的牛排香氣豐富，搭配著鴨肝的油脂，再加上松露的芳香，簡直是完美的合奏。目前肥肝大多用鴕鳥或鴨來做，鴨肝的脂肪相對少，切成厚片也能煎出焦痕，還小有咬勁。如果能清楚了解肉類油脂與鴨肝脂肪的差異，就能品嘗到風味絕佳的羅西尼牛排。

進化的沙拉

我想用日本料理來做沙拉搭配肉類料理上桌。沙拉的本質是鹽和蔬菜，但現在常見的都是淋醬和蔬菜——為什麼會變成淋醬呢？

因為蔬菜撒了鹽會出水軟化，變得不爽脆，做不成沙拉。淋醬的真面目，其實是包裹著鹽分的醋和油，鹽分不會接觸到蔬菜，能輕輕附在表面。然而加淋醬時，考量部分淋醬會直接流到盤底，往往會倒入比實際需要多得多的分量，為了改善這種狀況，我想到用高一點、細長一些的聖代杯來盛裝。

我認為「不使用油脂」是日本料理的本質之一。若不用油，就不會攝取到過多的鹽分，只要用最少量的鹽就能調理。再進一步說明的話，淋醬其實是裹了一層油的鹽，然而放進嘴裡，舌頭所接觸到的大概只有實際鹽分的三分之一，使得實際上攝取的鹽分遠比接觸到舌面的量還多，對身體並不好。更何況還與油脂一起攝取——本來是為身體健康而吃沙拉，結果沙拉根本一點都不健康——我心想，能不能做出真正健康的日式沙拉呢。

沙拉裡的要素可以分成鹽分、香氣、甜味、酸味、苦味。鹽分必須要能接觸蔬菜也不使其出水軟化，或是能始終保持固體不溶解。畢竟沙拉的蔬菜要用水清洗過，接觸水分會溶解流動的也不行。因此我想到了使用鹽昆布，除了有鹽分也很有日本料理風味。接下來是香氣，我希望有點醬油的香氣，於是加少許醬油，還有帶胡麻香氣的芝麻菜。甜味可用水果番茄，酸味交給葡萄柚發揮，也想要些許苦味，所以挑了菊苣。

簡單地說，我想運用沙拉裡各種蔬菜本身的味道，來取代用淋醬調味。然而，光有菊苣的爽脆、番茄的多汁是不夠的，我還想要更多不同的口感。所以我加入生鮮蘑菇，增加蓬鬆柔軟的口感，再配上汆燙四季豆。

我認為這是以最少的食材能呈現的最棒組合。把這些材料放進大碗裡拌勻，加入切碎的鹽昆布，盛裝進高腳玻璃杯，最後分別淋上少許醬油、味醂和醋，用量只要沾到最上方的菜葉即可——由於不想使用油來調製淋醬產生黏性，利用高腳杯裝盤製造的立體空間，讓調味醬汁順著往下流動，在滋味與口感都不同的各種蔬菜縫隙間，自然成就一道料理。

我把這道沙拉命名為「有機聖代」，是我在當學徒時設計的食譜，主要給點了肉類料理的客人做為配菜。

後來也有不少其他餐廳用高腳玻璃杯盛裝沙拉。放進高腳杯並不只為了美觀，背後還有許多考量。就結果來看，確實是賞心悅目的一道料理。

目前在「神田」用來搭配牛肉的是西洋菜和海苔。將西洋菜和海苔放進大碗裡，淋上兩杯醋（註4）拌勻而已。海苔吸收兩杯醋再和西洋菜交相照應，清爽又美味。

（註4）也稱「**醋醬油**」，由等量的醋和醬油混合調成。

第八章　飯類

用淺蒸來品嘗新米的巔峰美味

十月中旬新米上市時，我們店裡會提供現煮白飯做為飯食。店裡的白飯是類似茶懷石（註1）第一道端出的那種，淺蒸而不完全蒸透的飯。

在家裡剛煮好的白飯都是米粒飽滿，水分稍有蒸發而完全蒸透的狀態。煮飯時飯鍋冒出水蒸氣，正是米粒因蒸煮散失水分的證明。失去水分之後，米飯會變得有點輕，類似海綿，平常在家裡配菜吃很可口。

然而，若只單吃白飯，或是想品嘗米飯的香甜原味，最多配個醃菜或味噌湯時，情況就不一樣了。要強烈感受米飯本身的甘甜，就不能讓水分蒸發太多，要在米飯尚未蒸透的濕潤狀態下品嘗。

茶懷石在一開始掀開飯碗的碗蓋時，會冒出一股蒸氣，接著就看到帶著光澤的米飯。我希望能讓客人也品嘗這樣煮到恰好的米飯滋味。

日本料理的大半菜色都是剛煮好起鍋、溫度最高時最美味。法國料理和中菜，由於大半的調味都用到油，菜餚溫度下降得比較慢，可是日本料理的湯品和飯類都沒什麼油，一下子就涼了，美味時間極短。

想讓剛煮好的白飯在美味巔峰期多停留個五秒、十秒、十五秒，飯粒與飯粒之間必須有些「填充物」才行，也就是最好能讓剛煮好的白飯表面保有一些黏性，芡汁炒烏龍麵吃起來比一般的烏龍麵燙，就是這個道理。因此，僅可能保留些水分才好。

又如白粥，趁熱吃時感受到的甜味，一冷掉就感覺不太到了。因為夠燙才產生的甜味、溫度夠高才能感受到的甜味、唯有在此刻當下才存在的甜味——一旦涼了就再也不復返。

（註1）「懷石料理」原本是指日式茶會裡品茶前的輕食，後來多與起源和發音相同的「会席料理」混淆，為了區分，便以「茶懷石」來表示原先品茶用輕食之意。

這股轉瞬即逝的自然甘甜，與加砂糖所得的甜味不同，人類的舌頭能從這樣兼具滿足、深度又溫和的味道裡，感受到甜味和鮮味。為了讓客人享用溫度帶來的自然甘甜，「神田」刻意將白飯只蒸煮到兩分，保留一點水分，趁熱送進客人的嘴裡。

日本人是全世界第一貪吃鬼

一名廚師的手藝再好，若是將菜送上桌卻不能使客人覺得好吃，一切都是白搭。當然可能是溫度不對，或是其他條件變化導致料理味道變差，但就是搞砸了，讓「來餐廳吃飯」的意義盡失。

比方說，師傅每捏好一貫壽司就送上，吃起來很美味，要是一次捏了好幾貫，擺盤之後端上來，吃起來就稍有不同，像是訂了一份外送壽司似的。雖然「猶豫該從哪一種吃起」也別有樂趣，但又和「品嘗現捏現吃的美味」這種樂趣完全是兩碼子事，是屬於享用便當的樂趣。

到現點現做的天婦羅餐廳吃飯，就是想吃到現炸的天婦羅。在客人看不見的廚房炸天婦羅，炸了好幾樣擺盤，磨點蘿蔔泥佐上，即使服務人員大聲喊著「請用！」端上桌，客人心中還是會希望能每炸一道就吃一道吧。換成串燒店想必也是同理。

就是為了體驗現做現吃的美味，才出現了日式吧台，日本人也非常喜愛這種用餐型態。我想，日本人大概是全世界最貪吃的貪吃鬼吧。

日本人聚餐時，主要目的往往不是為了交談會面，而真的只是「一起去吃點美食吧！」為了滿足日本人這種完全以「吃」為優先的貪吃精神，才會出現吧台。不過煮飯需要時間，而且大多也是在廚房裡煮，若要以米飯來滿足貪吃的日本人，就必須把「起鍋到端給客人的時間」也計算進去，在米飯到達美味顛峰的前一步就起鍋，趁米飯尚未被餘熱蒸透前，在登上美味顛峰的那一刻，正好端到客人面前。

計較這種差一、兩分鐘的些微差距，或許只是廚師的自我滿足，但「將好吃的東西在最美味的時刻提供給客人品嘗」終究是我們的心願。當這份心意順利傳達，聽到客人說出：「熱呼呼的，好香甜，好好吃！」的那瞬間，感覺真的是最棒的。

白飯不要保溫

除了做成現煮白飯品嘗原味外，還有許多享用米飯的方法，鋪上滑蛋、淋上芡汁、放上天婦羅，花樣多得不得了。我們店裡在準備這類做蓋飯的米飯時，會在傍晚用瓦斯爐煮好飯，接著把米飯打散攤開，散發水蒸氣，趁飯仍濕潤的狀態下放涼保存。每次上菜前，再用蒸鍋或微波爐加熱。

飯煮好後放涼無妨，但如果一直保溫，會讓米飯極度疲乏。根據我個人的經驗，長時間加溫保存，會使米飯失去溼潤口感與咬勁。倒不如先一口氣降溫，趁著狀態尚未劣化放進陶製容器，之後再用微波爐加熱享用，還更能感受到米飯的活力，甚至仍舊會冒出水蒸氣。一直放在電子鍋保溫的結果，飯盛到碗裡也不會冒出蒸氣，成了一碗空有溫度卻沒水分，又一點都不甘甜的米飯。

熱飯時，把飯裝在附蓋的陶製容器裡，會比只包保鮮膜更能平均加熱，而且保證能熱出很好吃的飯。只不過用微波爐加熱會使水分分解，熱好的飯會很快變涼又變硬，一定要馬上吃才行。

相較之下，現煮的新鮮米飯就不會涼得那麼快，可以慢慢享用。所以還是每次只煮要吃的份，吃現煮的最好。

新米好比鮮香菇

常聽人講「新米」和「舊米」。除了石垣島等沖繩部分地區之外，日本各地的稻米大多在每年五月插秧、十月收成。十月收成的米即為「新米」，人們就靠這些米撐到隔年的八、九月。在大約一年的時間裡，稻米多以帶著稻殼或糙米型態貯藏，然而今年十月的剛收穫的新米，和放到明年九月的米比起來，狀態當然不一樣。

新米含有飽滿的水分，就像生菜或鮮香菇，而放到隔年九月的米，則會像乾香菇一般。新米由於米粒還沒沾上稻殼的氣味，洗米不需太用力，若是太用力，由於米粒尚未完全乾燥，還很柔軟，反倒容易一下子就洗壞了。

此外，新米不泡水。因為新米本身已經飽含水分，滋味甘甜。與乾燥後需要重新加純水，也就是H_2O來炊煮的舊米，基本上是完全不同的。

放到夏天的米該怎麼吃

保存到隔年八、九月的米，即使貯藏時帶著稻殼，水分也已大量散失。因此要將外層的米糠充分洗淨，浸泡到米粒吸飽水才炊煮。

簡單的說，就與乾香菇必須先用水泡發，等回軟再來烹煮是同樣道理，高野豆腐、乾燥紅豆也是如此。大家要了解，收成後保存超過半年的米已經是乾燥食品，相對的，則應將新米視為生鮮食品。同樣是米，但一年裡隨著貯藏時間愈來愈長，狀態便有所變化，希望大家能有這樣的認識。

既然明白新米和舊米的差異就像生鮮食品和放了將近一年的乾燥食品，自然可以想見什麼時期的米該洗，或根本不必洗，煮飯前該浸泡多久、該加多少水。十月，又會有水潤飽滿的新米收成，要品嘗那淡淡清香及甘甜，還有那股新鮮感，洗米時就不應過度施力，才能突顯出新米本身的香氣。

秋天是適合做各式炊飯（菜飯）的季節，可是用新米做的炊飯並不好吃。一來新米本身沒什麼嚼勁，米粒又已自帶水分，不易吸收高湯入味，因此不要用新米煮炊飯比較好。壽司也是，新米煮來較軟，彈性不如舊米，用舊米做醋飯會更合適。

八月、九月、十月上旬這段時期，新米尚未上市，用市面上能買到的米煮白飯，風味可能也沒那麼好，此時不妨加入雞肉、蔬菜、菇類等食材做成什錦炊飯，效果應該很不錯。

話說回來，最近愈來愈多的米是在雪室貯藏，或是儲藏時同時進行嚴格溫度控管，想要一整年都享用新鮮好吃的米也愈漸不困難了。

米的甜味

日本人在吃米飯時吃得出「這種米好吃」、「這種米不好吃」，其實是很厲害的特殊技能。請外國人吃同樣的米飯，我猜絕大多數應該是分不出有什麼差別。

米具有穀物的甘甜、芳香及口感，即使這些特徵都不是很明顯，大半的日本人就是能吃得出哪些是真正好吃的米。

煮飯時我不加鹽。雖然除了甜點之外，幾乎世上所有料理都是因為鹽味的存在而令人感覺可口，但說到米飯，日本人都認為單單吃飯就好吃。或許是醣類具備的那股天然高雅甘甜，已為我們的身心帶來強烈滿足。

最好的例子，即是日本人喝酒時一旦吃了飯，就突然不想喝酒了。因為腦部收到了「已經攝取足夠醣類」的訊息，回饋了滿足感。

米飯是日本人的原點。日本米這般甜味濃烈的米，只存在於日本。泰國、中國雖然也都有好吃的米，但都是較為強調香氣的品種，甜味不明顯。具有強烈天然甘甜的日本米，還是比較符合日本人的胃口。

用羽釜和土鍋來煮飯

我都用傳統的羽釜（註2）來煮飯。羽釜的底部成圓形，質地厚實，煮出來

（註2）架在爐灶上煮飯用的傳統鐵鍋。「羽」是「翅膀」之意，指鍋側的一圈裙邊。

的每顆飯粒都飽滿渾圓。在第六章裡也提過，煮飯時與其只在鍋底煮少量，不如配合鍋子大小一次煮多一點比較好吃。

煮多一點，是指放入和鍋子相應的米量。理想是讓米和水的高度盡可能逼近鍋子的直徑，使其剖面形成一個夠高夠深的長方形空間，這樣才容易形成對流。

能不能把飯煮得好吃，端看米量是否合乎鍋子容量。平常吃飯的人少就買小一點的鍋子，沒有比用大鍋子煮少量米更糟糕了。

打蛋的最高技巧

接下來介紹一下親子丼、木葉丼（註3）這類運用滑蛋做蓋飯的小知識。

做好這類蓋飯的關鍵，在於做滑蛋的方法。

大家在煎太陽蛋時，多半是在平底鍋裡加水，再蓋上鍋蓋悶燒吧。由於蛋白會包住水分，又具有水溶性，但即使含了水，蛋白質仍具凝固力，因此加水可以讓蛋白膨脹，煎出好吃的太陽蛋，也有促使蛋白加速凝固的作用。如果不加水，蛋白會凝固得很慢，凝固後又會變得太老。

此時我們會注意到，舉凡高湯煎蛋捲、茶碗蒸、蛋豆腐、親子丼這些蛋料理，蛋液都需要和高湯融合。然而調理時，實際上都是由蛋白來扮演負責融合高湯的角色，蛋黃幾乎不會吸水。

蛋白的吸水力有多強呢？根據我的實驗，最多能吸收到蛋白本身一到一．五倍的量，超過這個量就沒辦法凝聚了。

若是茶碗蒸這種「靜靜放在蒸鍋裡以小火加熱蒸熟」的料理法，水稍微

（註3） 用切成薄片的魚板、青蔥，加上蛋花做成的蓋飯。

多一點也不要緊，可是直接加熱時，蛋白能凝聚的水量最多就是約一．五倍。另一方面，蛋黃加熱煮熟的時間比蛋白來得短很多。所以打蛋時要將高湯加在蛋白裡，並注意蛋黃不要加熱太久。

想做好滑蛋，理論上不該將蛋白和蛋黃混合在一起，要分開加熱才行。多數人在打蛋時一下就將蛋白和蛋黃打一起，這就不對了。

先將高湯和蛋白混合，再把入味的美味蛋白和打散的濃郁蛋黃適時加在一塊，才會成為好吃的滑蛋。

蛋黃濃稠的雞蛋蓋飯

滑蛋用高湯的調味，在家只要用沾麵醬就可以了。若要自己做，基本上高湯、醬油和味醂的比例是六：一：一。醬油使用薄口醬油，蓋飯口味清爽，適合喝酒後來一碗。用濃口醬油味道會稍重一點，適合作正餐吃。

只要有青蔥和雞肉，立刻就能做出親子丼。若不巧冰箱裡沒雞肉，隨意來點竹輪、魚板之類口感Q彈的料，就能馬上來碗雞蛋蓋飯。

甚至有一碗白飯、一顆蛋就能做了。當然，要做蓋飯的話，蛋還是兩顆比較好。蛋的分量雖然會因S、M、L的尺寸區分有些差異，不過一般市面上販售的L大約是五十公克吧。

準備和蛋量相等的高湯，調味之後煮沸，再加入雞肉、青蔥等材料稍煮一下，等高湯量收到和蛋白差不多，再像煎太陽蛋那樣讓蛋滑入鍋內，接著調整成小火。

此時絕對不要把蛋黃戳破，有蛋白包覆著，蛋黃就不會受熱。只要輕輕搖動鍋子，小心翼翼搗碎蛋白。用飯匙將高湯和蛋白拌勻，等到蛋白吸了高湯膨脹起來，才戳破濃郁的蛋黃攪一下，便能得到蛋白膨鬆、蛋黃濃醇，依循雞蛋的「時間差」做出的美味滑蛋。

至於蛋黃只要煮到半熟，或是再生一點也無所謂。因為關火、裝盤時，餘溫還會繼續加熱。

順帶一提，「神田」在備料時，會將蛋先打進一只大碗，再用手撈起來移到另一只大碗。雖然蛋是由蛋黃與蛋白構成的，但在這兩者之外，我認為也不能忽略蛋裡「多餘的水分」。

我把蛋白分成三個部分，具有強力黏性的、黏性比較低的，還有幾乎像水一樣的部分。而像水一樣的這部分，會帶著些微的腥味，打蛋特地用兩只大碗，目的即是要去除這腥味。

為了客人的一句「好好吃」，我絕不吝惜任何微小的努力。

岔個題，吃雞蛋拌飯時，各位是加全蛋嗎？我只加蛋黃。而白飯當然是現煮的!!一碗飯，迅速打一顆蛋黃在正中央，淋點醬油，撒上碎海苔攪拌一下。海苔吸收醬油裡的水分，就成了一碗黏稠合度的「蛋黃拌飯」。

什錦燴飯

什錦燴飯的做法很簡單。

準備高湯，使用薄口醬油及味醂調味，高湯、薄口醬油、味醂的比例是一〇：一：一。先試試味道——這是基本中的基本。若覺得不夠味，再自行加入調味料。加熱煮沸之後，再加入冰箱裡現有的蔬菜、火腿之類等材料，最後用太白粉勾芡即可。

冬天吃燴飯最好了。只要有熱騰騰的白飯就行了。

配料可用水菜、青蔥，口味想要重一點，加入培根也很好吃，雞肉、豬肉、豆腐都可以，愛加什麼就加什麼。勾芡收汁後再削點柚子皮進去，或是橘子皮也行，必能更添香氣。

說到橘子皮，大家熟知的七味辣椒粉，一般是用芥子、黑胡麻、山椒、火麻仁、生的紅辣椒、炒過的紅辣椒，加上陳皮，總共七種材料混合而成，其中的「陳皮」就是切碎曬乾的橘子皮。據說這七種材料都有預防治療風寒的功效呢。

在家中常備一點橘子皮，也是冬季的廚房小智慧。

油菜花竹筍炊飯

提到春天，就想到油菜花，令人想要活用油菜花的苦味來做炊飯。除了油菜花之外，我心中另一個春天的象徵則是竹筍。隱身冬日乾枯林木間的竹筍，受到溫暖的陽光感召，從土裡冒出頭來。

蜂斗菜苗、山蔬、莢果蕨嫩芽也都會隨著春天來訪，陸續亮相。即使在同一塊土地上，隨著季節不同，想吃的時令食物也不同。

大量運用嫩芽、品嘗苦味，是春季料理的特色。發芽之後若沒被摘下，植物還會持續不停成長壯大，所以我們可以想見剛冒出來的新芽裡，蘊含了多少生命的力量。這些力量，即為新芽所含的雜味與苦澀，若能確實吸收，我們動物也能藉此充分貯備從春季進入夏季的活力。

接著介紹一下油菜花竹筍炊飯的做法。

做竹筍炊飯時，記得用煮過竹筍的湯汁來煮飯。煮好飯，把切好的筍子拌入飯中，上方再撒上滿滿油菜花，稍微悶一下，這麼做能使油菜花的芳香完全散發出來。時間一到，打開鍋蓋，宛如眼前出現一片油菜花田，往下一挖，還會發現遍布了竹筍呢。

毛蟹炊飯

至於冬天，就是毛蟹美味的季節。

先準備蟹肉，雖然毛蟹體型有大有小，但一般來說蒸個二、三十分鐘即可，接著把蟹肉剝下來。留下來的蟹殼用二番高湯熬煮十五分鐘，再以薄口醬油、味醂來調味，過篩後拿湯汁來煮飯。起鍋前五分鐘，在飯上撒上百合根以及剝碎的蟹肉。

直接吃蒸毛蟹當然好，但配上白飯又更顯鮮甜，是冬夜裡的小奢華呢。

素麵用冰水搓揉會更有嚼勁

「神田」有時會在夏天提供素麵做為飯食。

客人問我：「為什麼這種素麵吃起來這麼有嚼勁？」我認為原因有二。

首先，我買的是陳年素麵，經過長年乾燥的陳年素麵原本就較有嚼勁。附帶一提，購買素麵時可參考束麵條的綁帶，紅色代表是該年生產的素麵，黑帶則代表放了三年左右。

再來是下麵的方式。隨著素麵種類多少不同，但在「神田」是看水滾就迅速下麵，煮約一分鐘。由於素麵很細，遲疑一下就可能煮爛，千萬要遵守只煮一分鐘。

下麵前，一定要記得先準備好網杓，以及裝有大量冰水的大碗。素麵一煮好，立刻用網杓撈起來，甩去水分直接放進冰水中搓揉。用冰水搓揉能使麵更帶嚼勁——就是這麼簡單，只要確實做到，煮出來的麵真的非常好吃。素麵果然還是要有嚼勁，才稱得上是素麵呀。

至於沾醬，「神田」的做法是用蝦米熬出高湯，加上薄口醬油、味醂，比例則為八：一：一。我喜歡再擠點酸橙汁，撒點淺蔥蔥花端上桌，這也是最簡單的吃法。

有些人接著會繼續加蘘荷、海苔等各種配料，但真正好吃的麵，我認為還是一煮好只加蔥花和酸橙汁最棒，實在是極品。不過加蘘荷的確可以增添清涼感，喜歡的人要加也無妨。

我是個「酸橙信徒」，當然一定要擠點酸橙汁，這也能讓口味更加凝縮。在家裡也許會用高湯粉或市售的沾麵醬做為沾醬，但若能在最後擠上幾滴酸橙汁或柚子汁，沾醬就會搖身一變，散發手工調製的風味。

番茄素麵

介紹一下「神田」原創的番茄素麵。

番茄汆燙後剝皮。將柴魚昆布高湯簡單調味，放入番茄，保持整顆形狀完好小火燉煮，高湯連著整顆番茄放涼，再放入煮好冷卻的素麵上桌。

在清淡中有著恰到好處的酸味，又充滿麩胺酸的鮮味的這道番茄素麵，受到許多客人的喜愛。

好吃的米來自嚴苛的環境

前陣子我與店裡的伙伴們一起去了趟新潟，想了解新潟米的栽培環境。

我們來到新潟南魚沼市的鹽澤，是頂級越光米的產地。

那裡的海拔很高，水源來自美麗的河川，孕育出好米。河川的兩側有田地，從河川往兩旁開出水路。

夏季期間河川乾涸，水路也沒有水，但到插秧時期，水就會流入水路。

可是當插秧一結束，居民又會刻意截斷水流，好讓雜草長出來，使土壤恢復原本的狀態。

看來，應該就是如此清澈河水才能孕育出這等好米吧。於是我們問當地的農家：「是因為有肥沃的土壤和乾淨的水，才能種出這麼好吃的米嗎？」沒想到他們卻回答：「不是的，因為這裡的環境嚴苛，才能種出好米。」

這很難用三言兩語解釋清楚，總之要種出好米，並不只是倚賴水源豐富或土壤肥沃就好，而是要維持一個整體運作不算太差，能讓稻米成長卻也要促使它們拼命紮根求生存的環境。

事實上，農家最擔心的就是冬天不夠冷。要種出好吃的米，夏季日照與冬季嚴寒，缺一不可。

農家的人也提到，由於施用農藥會對大自然造成毀滅性的傷害，因此在鹽澤，除了整田之前灑過一次除草劑之外，爾後便一概不再使用農藥。這是鹽澤地區各鎮各村居民攜手努力，才得以成就的結果。

新潟有好水，也有適合耕作的環境，而就某個角度來說，「好的環境」指的應該是逆境。所謂「孕育」，是培養生命力，而不是過份呵護——這段親身體驗，讓我再次體會到大自然的道理及嚴苛。

第九章　甜點

「神田」的甜點

我們餐廳基本上會出兩道甜點。

第一道大多是冰淇淋或水果冰沙。

例如，德島的和三盆黑糖蜜冰淇淋、春天的草莓牛奶冰淇淋、初夏的無花果冰沙——這是「神田」甜點排行榜前三名。

夏天也有帶著濃濃鄉愁的生薑冰淇淋。每位客人吃了之後都會説這滋味令人懷念。秋天則有蕎麥茶冰淇淋，冬天會用橘子來做杏仁豆腐。

其他還有用生腐皮仿製奶酪、黑櫻桃薄荷果凍，也提供過芒果果凍。

第二道則是常提供不那麼甜的紅豆泥或日式點心。我終究希望客人最後留下的是日式印象，喝茶搭配日式點心為這一餐畫下句點。

秋天會用剛煮好的紅豆，如果遇上新茶的季節，就做成宇治金時（註1）。另外也提供會蕨餅或草餅，而我認為用一般羊羹收尾太重，要提供羊羹時，會做能入口即化的水羊羹。

餐間喝了日本酒或燒酎的男性客人，有些人餐後會說不用上甜點，但女性客人看到還有兩道甜點，往往都會很開心。

其實真的只要吃一小口就好。

來一口稍微轉換心情，就讓人感到愉快。套餐到了最後，吃完飯或麵條，感覺「啊，就這樣結束了」的落寞之時，一句「接下來還有甜點」，都能讓客人瞬間露出開心的表情。

帶來「再多一點點的樂趣」，我想就是甜點扮演的角色。

（註1） 淋上以高級的宇治抹茶製成的糖漿，加上紅豆泥的刨冰。

傳統的日本料理為什麼沒有甜點？

前面提過，在巴黎的店裡工作時，曾有客人問我：「怎麼沒有甜點？」為什麼和食餐廳沒有餐後甜點的概念呢？反過來說，為什麼吃完法國菜之後會還想吃甜點？

這其實可能是人體與糖分的問題。

傳統日本料理使用很多砂糖和味醂，例如蒸薯芋做滷菜、燉鯛魚頭，或是煮紅燒魚時，多半會用砂糖和醬油加重調味，不少客人還會在用餐時搭配高糖度的日本酒，最後又來一份高澱粉質的米飯。這樣吃在餐後多半不太會想要再吃甜食了，此時提供些能清口的水果倒是反應不錯。

相對的，法國料理基本上在醬汁裡不會用到醣類、砂糖，雖然偶有像是用紅酒醋和細砂糖做成的醬汁「gastrique」（註2）這種例外，但畢竟用起來量也不會太多。法國料理用得多的不是醣類，而是脂質（脂肪）。將牛脂、奶油等這類油脂，加上從骨頭熬出來的膠質的小牛高湯，調合鹽和胡椒而成的美味。

此外，佐餐的飲品是葡萄酒。葡萄酒是由水果釀造，當然含有糖分，但比起穀物釀造的酒，感覺上沒那麼甜，味覺上也是酸味較顯著。因此，身體不易感受補充到糖分，就會想在餐後來份甜點。

這也可以做為在家裡招待客人時「是否需要準備甜點」的參考基準。如果客人是喝葡萄酒，還是要準備個甜點才好。客人喝日本酒，不妨就備個水果，準備起來也輕鬆一些。通常人若不是嗜甜食，就是愛喝酒。

（註2） 除了紅酒醋，也有使用米醋、柑橘汁的變化。基本做法是將細砂糖加上醋煮成焦糖，再加水調製。是利用梅納反應帶來美味的醬汁。

餐後的滿足感與糖分之間似乎有很強烈的連結。人類的食慾受到血糖控制，喝了日本酒或是吃了甜味料理，就會感到滿足，餐後就不再想吃甜食。

然而「和食」也分很多類型，廚師的料理風格也各有不同，至今仍走重口味紅燒菜路線的店家，其實是不需要提供餐後甜點了。

以前日本料理店若提供甜點，因為考量客人已經從酒及料理中充分攝取甜味，多半是送上淋了煉乳的草莓這類清爽小點。

順帶一提，我老家的「神田」從過去到現在，甜點始終都是哈密瓜。

我父親會在端給客人之前好幾天就去買哈密瓜，還說必須再放個一星期才會好吃。先買好哈密瓜，等候熟成一、兩個星期再上桌——像這樣將時間的效應計算在內，當然也是料理的一部分。

過去沒什麼人會自己買哈密瓜來吃，蘋果之類都是別人送的。橘子會整箱購買，無花果都種在家裡……哈密瓜真的非常稀有，上餐廳才吃得到。

到現在，每當我回老家時仍會吃哈密瓜，那甜味和酸味的平衡著實恰到好處，香氣也很濃郁，美味極了。

對我來說，哈密瓜永遠是帶著鄉愁的滋味。

運用食材甜味的調味

要在一道料理中獲得滿足，只要攝取大量醣類就好。不過，近來在餐廳裡的餐點，大多因應客人希望少量多品項的需求，加上為了運用材料本身的風味，都不太使用砂糖。

如果是非常新鮮的食材，就會有前述的「自然甜味」，也就是食材自然的甘甜。為了突顯這股甜味，我還會使用微量鹽分，一相比對照之下便更能感受到甜味。

為了使人感受到甜味而加入相對的鹽分，正是「調味」。

配合料理和酒來選擇最理想的甜點

前面提到，「神田」總是隨時備有幾種不同的甜點。這是為了配合客人用過的料理、酒種及分量來選擇適合甜點的考量。

如果是沒喝酒，最後會上分量足夠的飯類好讓客人感到飽足，接著先上一道爽口的甜點，如果還吃得下，就再來另一道。要是喝了不少日本酒或燒酎，光是一道清口的清爽甜品就足夠，但如果是喝的是紅酒，通常來份口感濃醇的冰淇淋亦能深得歡心。餐點用完後，若看到客人打算喝完剩下的紅酒，我也會適時端出巧克力——紅酒和巧克力可是很好的一對。

愛喝酒又愛甜點的客人，多半是喝葡萄酒的。嗜喝日本酒還想要吃甜點的客人，畢竟還是少數。

血糖含量會控制食慾。我不僅是將這項法則運用在替客人挑選甜點上，我也會根據客人飲用的酒種，改採不同調味，甚至是端出不同料理——這也是「神田」現今作風的源流。

當然，要達到百分之百的完美或許很困難，但包含我在內，店裡全體人員無不隨時隨機以動，期望能更貼近客人的需要。

第十章　飲品

精選日本酒酒單

「神田」的葡萄酒酒單上有將近一百種的葡萄酒，陳年的有超過半世紀的古酒，但日本酒包括冷酒、燗酒在內，卻只準備了十幾種選擇。兩相對比之下，或許有不少客人會認為「比起日本酒，神田更重視葡萄酒」，但完全不是這麼一回事。

葡萄酒從香檳、白酒到紅酒，原料、酒廠、年份、價格形形色色，差異非常大。因此盡量準備多一些種類，讓客人能根據當天用餐的ＴＰＯ（註1）、預算，以及個人喜好來挑選最適合的酒款。

另一方面，日本酒的釀造材料幾乎相同，價格範圍也不若葡萄酒來得廣，所以「神田」才會採精選方式納入酒單。很幸運地，在我們的店附近有一間酒舖「粟原」，是由一對深愛日本酒的母子經營，店裡大約有七成的日本酒都是向他們進貨。目前餐廳裡冷酒有將近十種，包括純米酒、純米吟釀、純米大吟釀，以及純米大吟釀袋吊酒（註2），冷酒我只選了無添加的純米酒進酒單，而且幾乎全都來自新潟。

燗酒準備了來自我的故鄉德島縣，專門用於溫飲的「芳水（HOUSUI）・本釀造」。用來溫飲的酒，我認為含點釀造酒精會比較好喝。針對喜愛熱燗的客人，我推薦芳醇甘美的「大七・生もと（SHICHI KIMOTO）」，或是辛口的「神龜（SHINKAME）」。

我希望讓客人喝到冰冰涼涼的冷酒，因此酒壺、酒杯都會冰過，放在冰上保持低溫下享用。

酷熱的夏日晚間，來杯冰涼的日本酒，是無上的幸福。

（註1） 指的是**T**ime（時間）、**P**lace（地點）、**O**ccation（場合）。

（註2） 袋吊酒指的是搾取時不採用傳統壓榨方式，而是吊起酒袋讓酒液在自然重力下滴落，酒質更加純淨。

雪夜裡端著一杯美味熱燗，邊喝邊暖手。

能夠邊喝邊體會日本人生活情境的日本酒，是我的至愛。

對葡萄酒的興趣

我從小不管吃烤魚、吃醬菜，一定要擠點酸橙汁。已經非常習慣用酸橙來「補酸」得到圓滿滋味，而在自己的味覺中，酸味也不可或缺。

因此，我年輕時聽大家說「葡萄酒很酸耶」也從來不以為意，仍然覺得很好喝。

來到東京之後，每天工作到餐廳打烊，心想還是要訓練一下自己的味覺，便經常喝葡萄酒。葡萄酒即使等級很高，只要喝單杯，都不會太貴，也可以鍛鍊味覺。

思考味覺平衡時，葡萄酒是讓我很感興趣的課題。人在飲食中攝取蛋白質或蔬菜時，若是沒有氯化鈉（食鹽），就無法感受到鮮味，直接生食肉類、魚類也都不好吃，還是要有鹽分介入才能體會美味。

另一方面，糖分或是米飯中所含的醣類，直接吃就覺得好吃。葡萄酒裡當然有糖分，卻不含鹽分。但除了鹽分之外，卻有著甜味、酸味、香氣各種成分，又能達到均衡，讓我對這樣的美味感到非常有興趣。

葡萄酒的鮮味與酸味

我待在法國的那段時間，一直都喝葡萄酒。回到日本後，有段時間覺得日本酒真好喝，打從心底認為日本酒好喝得沒話說，但喝了一陣子就膩了。雖然很喜歡，卻沒辦法持續喝。為何這麼好喝卻容易膩呢？我左思右想，才想通原因是日本酒裡酸太少。這又讓我體會到「酸」的重要性——這裡的酸並不是胺基酸，而是像檸檬酸、醋酸之類，一般說到「酸溜溜」時的酸。

這陣子到「神田」來仍喝葡萄酒的客人變多了，客人應該也想要嘗點酸味吧。喝燒酎時加檸檬、萊姆或醃梅乾也是同樣的道理，喝葡萄酒亦能感受到鮮味與酸味的平衡。

葡萄酒雖有口感清爽或風味濃醇之分，不過好酒與好喝的酒，每每都具備襯托鮮味的酸度。即使是喝來質地輕盈的葡萄酒，如果有相襯的輕快酸味，就會是一款迷人的葡萄酒。濃醇厚重的葡萄酒，若有力道足夠的酸度，喝起來尾韻就變得俐落。萬一酒體渾厚，卻沒有相映襯的酸度，就會令人感覺喝來只是沉重。

重點終究在於葡萄酒的鮮味與酸味要平衡，我愈來愈覺得，就是由這個平衡感來決定一支酒是爽口的好喝，還是濃醇的美味。

料理的組成不見得只有「鮮味＋鹽分」，應該也能拿「鮮味＋酸味」來做料理——帶給我如此啟發的契機，其實就來自葡萄酒。

日本的葡萄與波爾多的葡萄

在法國時，我曾經跟著別人去獵鴨。

在波爾多的田裡走了一大段路，看到釀酒用的葡萄。

在日本，種植食用葡萄時會架起棚子，但眼前的釀酒葡萄樹高度卻大概只及腰。我問為什麼會這樣，當地人告訴我，如果植株長得太高，會造成隔壁一排照不到陽光。田裡種的是卡本內．蘇維翁（Cabernet Sauvignon）品種的葡萄，我摘了一顆試吃，只覺得好澀好酸，實在難以下嚥，像吃了鵝莓，讓我滿嘴都紅通通。原來釀酒用的葡萄和日本市售葡萄那種水嫩多汁的形象截然不同，不但果實小顆，又不能吃。

可是多嚼幾口之後，發現其實很有味道，像是果汁濃縮液一般。在附近走一會兒，看看腳下，發現地上都是大石頭，土壤又乾又硬，這麼乾硬的土地種植不了一般農作物吧。加上降雨量又少，這些得不到天降甘霖滋潤的葡萄樹，樹根只得深深往下扎，從乾燥的土壤中，吸收沒有被水分稀釋的濃郁養分。

為了防止好不容易才結成的果實水分在太陽照射下散失，果皮才會變得這麼厚，這層厚果皮含有單寧，會產生澀味和濃郁口感——這時我才明白，波爾多紅酒為何能如此濃醇。

兩種酸味合奏譜出的「血橙汁」

旅居巴黎那段時間，我也不時前往義大利。到了義大利，白天我經常喝柳橙汁。太陽之國義大利的柳橙汁真的很好喝，還記得初訪義大利時，我用生硬的義大利文點了柳橙汁，結果來了一杯怎麼看都是鮮紅的番茄汁。我心想：「天呀！人家根本聽不懂我講的義大利文！」但還是喝了……卻沒想到這一喝，竟遇上前所未有的美味。這就是我和「血橙汁」的第一次接觸。

之前我在西西里、科西嘉、瓦倫西亞等地中海沿岸的幾個城市都喝過柳橙汁，但血橙卻比一般柳橙有著更豐富的酸味變化。

好比檸檬是很直接的酸，酸橙是柔和的酸這般，其實酸味也有很多種類。柳橙是甜甜的酸，在溫潤的香甜中帶著酸味。葡萄柚的話，則有一股銳利的特殊酸味。至於血橙，感覺是綜合了兩種類型。我想血橙多層次的美味，便是來自同時具備這兩個方向性的酸味，才能帶給人的無窮餘味。

酒與環境

各位曾在出國旅行時到國外的日本料理餐廳嗎？是否曾有過在法國的建築物裡喝日本酒，卻覺得「一點都不好喝」這樣的經驗呢？

當然有部分確實是品質上的問題，但我認為溼度也有影響。因為空氣會讓我們的感受大不相同，異國的溼度也不見得適合日本酒。到了像是莫斯科這種極度寒冷的地方，就會覺得伏特加好喝。身在炙熱的加勒比海，就想來一杯熱帶調酒。或許是刻板印象造成，但人的「感覺」卻也多少會受環境、氣候等各種條件影響。比如一到沖繩，就不禁想來杯泡盛助興。到底是情緒變化還是環境變化造成的實在很難說，不過能確定的是——在不同的地方，好喝的酒也不相同。

什麼酒怎麼醉

再來聊聊一個有趣的話題。人似乎在喝不同的酒時，醉起來也不太一樣。不只是客人，我自己也是如此。

日本酒能讓人放下心防。喝著喝著，內心深處的頑強也慢慢融化，令人醉到失去戒心，忍不住展現真實的自己。

葡萄酒很容易讓人變得話多。讓人愈醉愈是大談理想，把自己當作是故事主角。法國人和義大利人都很愛講話，說不定也是葡萄酒的關係。

燒酎似乎有種為人壯膽的魔力。喝得愈醉，嗓門愈大，情緒愈加外放。以燒酎聞名的九州地區，個性豪放的人特別多……是我的錯覺嗎？

說來說去，酒喝起來的味道總是因人因時而異。藉口「葡萄酒可以鍛鍊味覺」多喝幾杯的廚師，其實也只是個嗜酒之徒罷了。

無酒精飲料的可能性

社會規範日漸嚴苛，年輕族群裡不喝酒的人也多了起來。我認為接下來喝酒的人將愈來愈少，所以最近我總在想著店裡供應的無酒精飲料種類。

過去人們到二十歲左右出了社會，就會有前輩不斷勸酒，不少人也因此鍛鍊出了好酒量。但如今已經沒什麼人會那樣勸酒了，所以不能喝的人酒量始終沒進步，結果導致酒類消費人口愈來愈減少。這麼一來會提高餐廳裡的各種無酒精飲料需求量……或者說已經有這樣的趨勢。目前市面上的礦泉水品牌這麼多，就是最佳的證明。

我覺得用餐時搭配糖度高的可樂還是不太恰當的，但有些綠茶、焙茶、蕎麥茶之類的多樣選擇就不錯。我們店裡現在也能喝到這些飲料。

其實就連我這種愛喝酒的人，也有必須禁酒的日子。不過，一說今天不喝酒，就只會被追著問「烏龍茶好嗎？」之類的實在很沒意思，喝起來也不開心。若能換成非常好喝的中式茶，就另當別論了。

為什麼千利休鑽研的是茶而不是酒呢？因為茶是永遠不滅的吧。我認為酒精飲料會隨著時代逐漸衰退。喝了酒，心情固然會變好，但另一方面，也是種制約。酒類飲料今後會逐漸被氣泡酒、無酒精啤酒之類的產品取代，是可見的趨勢，我也將陸續對無酒精又能喝得開心的飲料做研究。

中式茶的魅力

這陣子我迷上了中式茶。

香氣、格調、溫醇，還有些許陶醉——發現了中式茶的魅力後，我甚至心想往後或許不需要酒了。可惜供應好喝中式茶的餐廳實在太少，最近我常自己帶茶葉上中餐廳，請對方幫我泡茶。與喝葡萄酒相比，花費便宜得多。不過，也有茶比葡萄酒還貴。

我最喜歡的是「龍井」，會趁自己去香港時買，或是請朋友從香港帶回來給我。這是中國的綠茶，尤其用每年四月上旬清明節之前摘取的小小嫩芽製作，被稱為「明前」的一種綠茶，更是完全符合「真味只是淡」的精神。澄淨透明，就像掬起一把深山泉水，似乎連心都洗滌了。

趁現在好好研究，說不定不久之後我們店裡也能提供中式茶呢。

第十一章　美味的創造

嶄新料理誕生的瞬間

常有人問我，都是在什麼時候構思新的料理。

要具體問「何時？」的話，正確答案是「隨時」。倒也不是隨時隨地逼迫自己陷入苦思，只是心中無時無刻不存在著「想做些新的、好吃的料理」的想法，這也確實成了我身體裡廚師靈魂最重要的「核心」。

當然，我非常清楚客人想吃的是「美味的料理」而非「創新的料理」，但身為一名職人，希望自己具備創意特質也是很自然的事。

然而，再怎麼熬夜苦思，新的料理還是只會在廚房裡頭誕生。雖然能用思緒來建立料理的方法論與骨架，但真正能為料理注入生命的瞬間，終究只有每次站在爐火前工作的時刻。

腦中總會有好幾個尚未完成的料理構想雛形，但都是零星的片斷。像是

「上次吃的某樣食材，下次想要重現那種口感」、「之後想用這種食材來做一道好吃的湯品」或是「這種魚該怎麼料理，才能有動人的美味呢」之類。這些為數眾多的片斷，就像是一大堆隨手寫下的診斷，卻遲遲沒歸納結論定下處方箋。當然也會試做看看，但心想著「這是試做」來做的結果，總是不太順利。這麼解釋或許粗糙了些，但真的多半是在客人面前一股幹勁上來「嘿啊！」一下，突然就完成了新菜色。

比方說，常客突然光臨，由於客人日前才剛吃過當天預定要出的菜色，必須臨時設計菜單，必須要用相同材料做出不同料理之時，我就會這麼想：「對了！就趁現在做那道菜吧！」把那道在腦袋裡一再反覆模擬，最後完成的那一幕卻總是模模糊糊的菜餚，趁這個機會做出來。

奇妙的是，在這種狀況下，通常就會不經意在助手的手邊，或者是冰箱的角落找到那片最後關鍵拼圖。這時真的會覺得「天助我也」呢。然而這種臨場感，或許是唯有站在吧台前才能體會的妙趣。對我來說，創造有九成是知識的反芻，剩下的一成是跨出一步的勇氣。

所以我總會隨時把各式各樣的資訊往腦子裡放，就像是在儲備電能吧。之後再將儲備的電能「嘿啊！」在瞬間加以組合，全部放出。我猜每個人都有類似的經驗。例如作家，應該也老是在觀察形形色色的人吧，說不定還是觀察身邊的人來塑造成作品角色的。電視劇的編劇或許也是如此。這些人平常在生活裡就不時觀察地球上的各種人事物，隨時都在儲備電能。而在需要之時，能不能將這些資訊組合得好，就考驗個人的功力了。

有深度的奢華感

有一幅我很喜歡的畫，是江戶時代初期很活躍的畫家俵屋宗達的作品，名為《風神雷神圖屏風》。這幅畫非常有名，但江戶時期中葉的另一位畫家尾形光琳也一樣畫了《風神雷神圖屏風》。兩幅畫非常相似，卻又有著些微差異。要說有哪裡不同，就是俵屋宗達作品的構圖，將風神雷神配置在屏風的上緣，圖畫上方看似故意截去一小部分，沒有畫出全貌。

我喜歡前者。因為我覺得看不到全貌，對於整體才有更大的想像空間。這樣不是更能感受到開闊和深度，更顯難得呢？

我一直希望自己的日本料理能夠到達這樣的境界。此刻，在我們面前這一小盤料理，可是經過數不清的積累才得以端上桌。這些枝微末節，對於沒有料理經驗的人來說或許可有可無，但是的確不計其數。因為有無數的小小堅持，才讓料理變得更有深度。背後必須有極大的信念，才能不放過任何一個小堅持，一點一滴累積。然而一旦拿來說嘴，就只淪為廉價的自我陶醉。

如果料理和畫作一樣能裱框，那麼裝飾料理的外框，應該就是廚師的用心和真誠的態度吧。

料理人需具備的經驗值

旅居巴黎期間，我不只待在法國，也經常到義大利、瑞士、德國等地探尋美食。「存款永遠都是零！」「對自己味蕾的投資不設限!!」畢竟要是不多吃點好東西，品味就趕不上每天吃美食的客人了。年輕時的我老是很心急，認為要讓那些比自己年長的客人說我的料理「美味」，就必須比客人先去了解更多的「美味」才行。在歐洲生活的期間，我拼命想要多了解法國的美食，想要了解義大利的、德國的、西班牙的……各個地方的種種美食。

相對地，在歐洲——尤其是距海較遠的內陸居民聽到日本人吃生魚時，無不皺起眉頭，一臉「為什麼要吃那種東西？」的表情。這是因為他們日常生活所看到的，都是已經保存好幾天的魚，當然會覺得「這種東西怎麼能生吃呢！」話說，日本人也不會生吃這種魚呀！然而，對於不懂得日本的海鮮種類是多麼豐富、流通效率有多麼高的人來說，無法理解才是自然的。由此可知，若是沒有「親身體驗」，打破「既有觀念」，就品嘗不到飲食「真正的價值」。

就像是不來日本就品嘗不到真正的壽司、真正的蕎麥麵、真正的天婦羅一般，想吃真正的鰻魚、真正的松露，就要趁人在法國時趕快吃。面對各種食材或是各國各種著名料理，我認為如果沒有嘗到源流的原味，便無法真正了解那些料理的本質。

而旅居巴黎的時期，我的「親身體驗」也不只限於飲食。

在羅馬的運河感受到異國風情，從東方快車車窗向外眺望所見的威尼斯風景，巴黎的建築物及街景……能在歐洲看到這些景物，透過親身體驗而培養形成的見識和美感，對我現在的料理都有不小影響。

追根究柢，料理並不單是書本上學到的知識，私以為經過點點滴滴的體驗累積而成的見識，才更具有重要的意義。至於進一步發揮塑造方向性，即為落實，而要怎麼麼落實，則關乎每個人見識的深度。當然，我也從閱讀之中學習到很多，但要說到從自己親身體驗之中孕育出的見識，在身處巴黎那段時間裡，確實得到許多珍貴的經驗。

從年輕時候起，我就心想總有一天要開自己的店，一方面覺得不多吃些美食就無法提升手藝，一方面又因為外食太頻繁存不了錢，心裡好是矛盾。最後我這麼想——即使存到錢，但若缺乏實力與見識，終究不會成功，那麼縱有大筆存款也毫無意義，於是便豁出去到處吃了。雖說這也沒什麼好得意就是了。

一流的料理搭配一流的器皿

我希望盛裝料理的器皿，能讓置於其中的料理本質更加清楚呈現，所以簡潔單純、沒有附加任何多餘裝飾的器皿，最受我的青睞。

我想做出有靈魂的料理。不是做高級的料理，而是做一流的料理。好比即使是用蓮藕、豌豆這樣的低價食材，一樣能做出一流的口味，但或許有人會認為這並不高級——畢竟說到高級，多半還是會聯想到魚子醬或松露這類食材吧。不過，我認為自己的料理不需要高級，只希望能保持一流，這也是我努力的方向。

我也抱持相同理念來看待器皿。對我而言，理想的器皿不必是高級品。它所呈現的不必然只是技術上的突出表現，而是更能夠令人感受到豐富的想像力與童趣，散發與眾不同的獨創性。

「神田」使用的器皿，有超過半數都是「百田輝」這位陶藝家的作品。我從以前就盤算著哪天自己開了店，一定要請他幫忙製作器皿。當然，店裡用的並不全是他的作品，也有我到京都挑選，或是在外地一時衝動購買的。如果店裡用的所有器皿都是他的作品，反倒突顯不出他獨特的個性了。

百田輝先生的作品帶有質樸的藝術性，證明了他的創作實力。我認為這樣的器皿與其說是高級，不如說是一流更貼切。器皿是料理的好伙伴，同時也是料理的好對手，不時也會成為料理遵循的規範，是極為重要的一環。

超越時空概念的料理

目前走在時代最前端的料理，我想應該就是在日本才能做到、在東京才能得以實現的「超越時空的料理」吧。

歐洲的飲食文化以肉食為主，有著將食材熟成的概念，但日本人卻極其重視新鮮度。招待賓客的豐盛餐點，日文裡用的是「ご馳走」（GOCHISOU）這個字，也就是說，招待賓客的食材必須策馬奔馳，趁著新鮮送達，這可說是以海鮮為中心建立起飲食文化的日本才有的思考模式。現在拜冷藏宅配之賜，可以從長野運來蘆筍、從北海道運來毛蟹、從九州運送當天早上捕獲的鰹魚，這些都是過去辦不到的事。

藉由日本進步的物流系統，現在即使產地位於偏遠地區，理想的食材也能很快就送到東京來。一些出雲或德島的漁夫，甚至會在清晨六點親自帶著漁貨到機場，利用空運在當天下午就送進「神田」。也就是說，當天早上才在德島捕到的魚，下午就能出現在東京。過去「要吃現撈海鮮非得到產地走一趟」的必要性，現今已然不復存在，尤其處在東京這個物流的中心之地，更是早就理所當然地被完全推翻。

清晨在禮文島抓到的海膽，晚間七點就能出現在「神田」。而店裡水缸裡的牛尾魚，前一天夜裡還在常磐近海裡游來游去。兩者經過我們當場料理，便成了「牛尾魚包海膽」端上桌。食材從日本各地聚集到一處的時間已經大幅縮短，遠遠超出人們過去認知的範圍，使原本相距千里的食材能夠像這樣融合為一道料理。我認為，這就是在現代日本能品嘗到最為奢華的料理型態。這必須仰賴許多人的幫忙，來自生產者的協助，以及日本優秀的物流系統配合，才能成就這樣的料理。

又好比，現在已經有技術能讓在伊勢志摩捕獲的龍蝦在蛻皮瞬間就進入「凍眠」（不是冬眠，而是冷凍讓龍蝦睡著）狀態，接著立刻冷凍運送。這些龍蝦送到我們店之後，我會以炭烤或油炸方式料理，而且因為殼還很軟，可以連殼一起吃。從某個角度來說，就像是將時間停下了一般。龍蝦運到東京，也完全難以想像曾被冷凍過，狀態甚至不遜於現撈生鮮，堪稱超越時間概念。

我想，接下來這樣的食材將愈來愈多，例如剛蛻皮還很柔軟的牡丹蝦、出生不到幾天的春雞——廚師將可任意取得各種不同階段的食材，或許就能因此創出更嶄新的料理。

優質的簡單

來自澳洲的客人說：「大家都說食材很重要、食材很重要的，不過老實說都感覺不太出來。但是日本的料理，的的確確讓人感覺就是在品嘗食材本身的美味呢。」我聽了非常高興。有「法國料理之神」稱號的侯布雄（Joël Robuchon）先生也曾經說過：「能夠匯集好的食材，之後就只要下一點點工夫就行了。」這話說的真是對極了。

但「匯集好的食材」和「下一點點工夫」，卻也並非容易之事。比如要拿鰈魚來做生魚片，手上的鰈魚是在何時何地捕獲，要在什麼時候怎麼殺、該在什麼時候用水清洗，何時處理又要到幾時剝皮，朝哪個角度下刀等等，料理時都要經過計算，全盤顧及。挑選食材的產地、看準時期，指定漁夫、指定食材大小、指定運輸的方式及時間。更講究的話，甚至得從掌握由哪位漁夫、在哪個時期，怎麼捕到魚來開始準備。

料理無法靠一己之力完成——是我和助手、漁夫、市場批發商，也就是食材與料理相關的所有人士通力合作的成果。是來自廚師和賣家或盤商之間長久的互信關係、和漁夫之間的好交情，來自於為了做好生魚片而建立起的各種人際關係之上。每當遇到一種食材，就總有一段段道不盡的緣分進展。而愈是了解這些食材，就愈希望能以最少工序的處理，呈現出最棒的成果給客人。

我所追求的料理，是「優質的簡單」——我認為這才是現今最為極致的奢華。優質的簡單才是真正的一流。想要達到這個目標，最重要的是食材本身品質一定要夠好。就像一件衣服，就算再有設計感，使用劣質布料就一切白搭。要用料理創造出優質的簡單，優質的食材不可或缺，而想要讓食材達到最高水準，就不能不去熟悉大自然。

下了雨，香魚肚子裡就會積砂。因此看到快下雨，就要先備好兩天份的香魚，或是收到香魚之後要讓魚吐個一整天的砂。隨著產地不同，有些含砂量可能比較多。沙子或是茶色或是細砂石，細砂石的話沒什麼問題，但要是泥砂就非得吐完不可。

能像這樣熟知大自然，了解四季變化，掌握一切天候，才能真正取得高品質的食材，實現優質簡單的目標。

日本的當令食材——蘊含著四季變化之自然力量的食材，是充滿「氣」的。攝取了這些自然力蓬勃的生命，人也會更健康。能夠嘗到當令鮮魚體內的「氣」及鮮美，我們也將更有精神，更加充滿生命力。

法國料理、中華料理當然都各有獨到之處，我也非常喜愛，但總深深覺得這類料理在品嘗的是人類不凡的智慧。既是工夫的累積，也是努力的結晶，我認為都是博大精深的文化。

然而日本料理的精彩，我想卻又是在於其更貼近大自然，更直接品嘗到大自然的種種恩賜這點之上。

日本料理是極度講究食材的料理，從尋找好食材開始，最高境界則是只要在絕佳食材上撒一撮鹽，就能完成調味才是。當然，要讓這口味有深度，就需要不斷累積經驗和持續鑽研。不過，真正好的食材本身即構成一個穩定的世界，不需要什麼額外加上太多。

過去就有人說過，做好日本料理的關鍵就在於不過度。好不容易取得好食材，卻以過多不必要的動作毀了本質，就本末倒置了。

年輕時，大家都想嘗試做出形形色色的料理，想做出與其他人不同的菜色，或是做出前所未見的料理。我也是在各式各樣的錯誤中學習。當年做出的料理，如今回想起來很多都實在令人難為情。但在那段時期，我就是如此執意找尋自我定位、試探自己的想法和自己料理的可能性。

然而，現在心情上變得輕鬆一些。

輕鬆——也不知這麼說是否恰當，總之現在的我已經明白，看到食材，只要做好能使它發揮美味的事就行了，不需要故意做些複雜的處理。三十幾歲時，總覺得該使出某些高超的技法來讓別人認同自己。而現在，我卻認為如果確實有必要，能夠大大方方接受「什麼都不做」這個選項的，才是真正優秀的廚師呢。

後記

打從我懂事的年紀，料理就常在我左右。高中一畢業也順理成章去餐廳當學徒，和料理一同走來，直到現在。

在大阪當學徒的那段日子，什麼都沒想，就憑一股衝勁，每天拿著菜刀切蔥、片魚，相信前輩所說的都是真理，也相信自己做出的餐點都好吃，感到非常充實。

學藝有所積累，以為自己已經無所不能，於是前往巴黎——這才了解到其實自己什麼都做不好，回國之後抱著從頭再來的心情，進入料亭工作。

具體明白「好吃」這兩個字究竟代表什麼意義，已經是我三十出頭的事了。那時我才真正體會到，讓客人說出「好吃」是我內心的喜悅，也是我的人生方向。

想做什麼，也有了明確的目標。

我想做日本料理。

不是「和食」，是「日本料理」。

和食中的「和」，跟「倭」一樣，都是「日本」的意思，但現在「和」這個字，可說是已經成了日本文化「能夠廣納各國文化加以融合」的象徵。可是我想做的「日本料理」，並不是那種基於日本人的柔軟性格發展出來的「和」文化下產生的「和食」，而是更為接近日本原始面貌，經過淬鍊之後更加純粹——甚至令人感到禁欲的日本料理世界。才是我想追求的。

這是在現代日本家庭裡已不復見，必須上餐廳才吃得到的料理。「日本料理」似乎已從一般家庭裡絕跡，或許也只是單純被時代淘汰罷了，但這仍是不得遺忘的珍貴文化。

從背後支撐著「日本料理」的除了眾所周知的陶藝、漆藝之外，還有以

「數寄屋」為代表的日式建築。不是我危言聳聽，站在維護這些文化資產的角度，我認為必須珍惜視日本料理獨特的世界觀。

我深深體會到，生為日本人，真好。

生為日本人，有一對經營日本料理店的父母，自己還能靠日本料理維生，我真的感到非常幸福。

自從獲得米其林的評價，不僅是從日本各地，甚至從全球各國都有客人為了「最棒的日本料理」而來。面對這些期待，我既有自信也感到責任——這些也正是此刻支持我走下去的動力。

路仍長遠，此志不止。我希望能夠繼續鞭策還不成熟的自己，不躁進、不驕矜，卻也不怯懼任何挑戰，朝我所堅信的日本料理高峰日日鑽研，點滴累積。

長達三年、充滿曲折的執筆過程，在此感謝講談社給予協助的各位，也謝謝廣大讀者。

期待日後能在吧台相會。

二〇一〇年八月

神田裕行

玩味系 003

神田魂：日本料理精髓的思考

作者　神田裕行
譯者　葉韋利
責任編輯　林依俐
美術設計　RE:design
內頁排版　高嫻霖
印務協力　王惠婷
目錄照片攝影　青砥茂樹（講談社）　林依俐
封面照片提供　台北西華飯店
書名題字　鍾秋斌

發行人　林依俐
出版　青空文化有限公司
台北市大安區敦化南路二段105號10樓
讀者服務信箱：service@sky-highpress.com

總經銷　大和書報圖書股份有限公司
電話：02-8990-2588
印刷　前進彩藝有限公司
出版日期　2017年5月　初版一刷
2023年11月　二版一刷
定價　420元
ISBN　978-626-97585-5-5

國家圖書館出版品預行編目(CIP)資料

神田魂：日本料理精髓的思考 / 神田裕行著；葉韋利譯 .
-- 二版 . -- 臺北市：青空文化，2023.11
240 面；13x18.6 公分 . -- (玩味系；3)
譯自：日本料理の贅沢
ISBN 978-626-97585-5-5(平裝)
427.131　　112016482